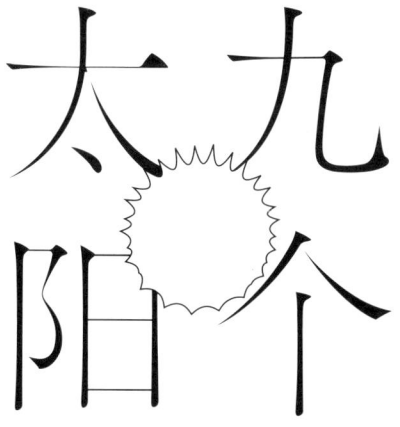

九个太阳

王若虚 主编

上海文艺出版社

序

王若虚

这事儿说来话挺长。

十多年前,二零零八年,上海市作家协会设立了"文学百校行"办公室。看名字就知道,这是个和校园、青少年有关的部门。当时的主任是退休前曾任位育高中副校长的钱涛老师(同时也是诗人),成员有作协创联室的李伟长老师(也是文学评论家),以及刚加入作协的我,旗下两大平台分别是"新创作网"论坛和电子杂志《零》。

彼时,八零后作者尚如日中天,"文学百校行"已经在关注更新一代的写作者。今天不少颇有名气的九零后作家,在创作初期都和"新创作网"、《零》杂志、"文学百校行"有过交集。

二零一三年,我们策划出版了第一批个人短篇小说集,包括后来成为特立独行的公众号主笔的吴清缘(《单挑》)、人民大学创意写作专业研究生三三(《离魂记》)、后来获"澎湃非虚构写作大赛"一等奖的陈观良(《丫的伪大爱情电影》)、现任《青年文学》杂志编辑的修新羽(《死于荣耀之夜》)。

这个专为文学新人出版首部作品集的项目至今还在继续,作者包括另维、张晓晗、王占黑、王侃瑜、李驰翔、齐鸣宇、鲁一凡、王江山、李元、谈衍良、焦雨溪、李胜法、张心怡、李琬惛、李昱萱、王辉城等等,最新一本是由上海文艺出版社出版的《马孔多在下雨》(作者周于旸)。

除了出版,在活动策划方面,"文学百校行"也一直在搞事情。

二零一二年我们举办了首届"会师上海·90后创意小说战",面向全国选拔年轻作者。这个全国比赛一共办了四届,部分选手都通过我们出版了个人短篇集,如国生(第一届总冠军,现就读于人民大学创写专业研究生)、谭人轻(第二届总冠军)、徐畅(第三届总冠军、现《上海文学》编辑)、黄先智(第四届总冠军、北师大心理学专业毕业)。

二零一四年,我们又搞了一个新项目:"黑马星期六·上海文学新秀选拔",这是一个针对上海地区高中生的写作素质选拔,要成为最后的六强或总冠军,选手须经过六轮命题写作测试,层层淘汰。"黑马星期六"到今年是第九届了,参加者多为零四或零五年出生。

你所看到的这本书是我们"有趣书系"的第二本,第一本叫《到云朵上面去》,现在这本《九个太阳》是"00后作者"的精选集,他们都参加过"黑马星期六"比赛,从总冠军到六强到三十强都有。他们的文章各具特色,他们的共同点是来自上海,热爱写作,实力出众。

取《九个太阳》为书名,源自那句"年轻人是早上八九点钟的太阳"。但这本书却共有十个作者,因为前九位都已考上大学,分散于全国各地。第十位作者夏沁荷生于二零零五年,我写下这段序言时她只有高二,却是第八届"黑马星期六"总冠军。

我想无论书名是几个太阳,书里是几个作者,那些热爱写作的年轻人总是源源不断涌现出来,我们要做的是发现他们,培养他们。

"有趣书系"和它的作者们,都是"∞"的。

目 录

程天慧

†

过江湖三部曲 3

孔霄卿

†

光明顶 41

囍 53

猪开始叫 62

俞生辉

†

铁路沿线 77

边楚月

†

商邑翼翼，四方之极 105

如坠 127

郭旭

†

密会 141

谦爷 153

陆铭晖

†

阿里阿德涅 169

自行车王国 185

孔喆

†

城外岛 199

魏子荆

†

被打断的皈依 ….. 227

红哨子 ….. 239

朱沈晟

†

骊山语罢清宵半 ….. 257

橡皮——擦 ….. 271

夏沁荷

†

折翅青鸟 ….. 289

附录

作者简介 ….. 301

程天慧

过江湖三部曲

程天慧

冀皖沪

"我不要再坐老郭的车了。"

"为什么?有专车接不是挺好的吗?"

"就是不想。我宁愿自己打车上学。"

"随你吧,打不到车迟到别来找我。"

对话第无数次发生在我和母亲之间。老郭是个司机,从小学开始送我上学,十块钱一趟,比那时候的出租车便宜两块,直到初中我搬家才退出我的早晨。他并不是什么私人专职司机，说白了就是黑车。

老郭不是本地人。最开始来上海是做那种零工的，修修下水道，洗洗油烟机。听说后来赶上摩的狂潮，他高瞻远瞩，借钱买了辆铂金色QQ，车牌打头汉字是冀，开始自己十几年的黑车司机工作。我曾问过他，为什么不去做出租车司机，那样属于正规工作，有社保也不用在大街上担惊受怕，他朝我摆摆手说，没意思，黑车和出租车，不都照样开。当时我猜，他大概是舍不得出租车做一休一休掉的金钱以及每天固定支出200元的车费。

小学时，老郭每天早上就等在楼下，到了会大声按喇叭，喊我的乳名洋洋，或许是当年流行《喜羊羊与灰太狼》的动画片，又或许他觉得洋洋两个字不顺口，他渐渐改口，"喜洋洋快下楼上学去！"住在二楼的我就会打开窗户大声回应他，"来了！"

当年他就用QQ载着我，从家到学校，从绿领巾到少先队。

小的时候的我对一切都抱有好奇心，我爱坐副驾驶，总觉得开着窗行驶在马路上，逆着风看世界总是别具一格的。我对老郭的车开始感兴趣，注意到他每次停车、转弯、加速都要摇一下把手,便好奇地问他这是干什么的,他说这叫换挡,能改变车的速度和方向。我觉得真酷,仿佛那个手动换挡就可以手动改变这个世界。我兴致勃勃地问老郭我能试试吗?他爽快地答应了。后来的上学路上总会有这样的对话:

"喜洋洋换挡!"

"几挡!"

"倒车!"

"好!"

"你换错了,倒车挡要扳到最后,你这是五挡!"

"我重新来!"

"用点力往后扳!"

当时的我还不知道,如果挂错档,很有可能挂错路线,导致交通事故。好在老郭的心够大,资历够老,每次都能完美地收拾我的烂摊子。

可惜好景不长,我的副驾驶生活消失了。有次母亲开车带我出门,我强烈要求坐副驾驶还兴致勃勃地主动提出帮她换档,她义正词严地问我哪学来的,我说老郭就是这样教我的。

于是第二天上学,她陪我一起下楼,让老郭把驾驶窗摇下来,严厉地呵斥老郭,"怎么能让一个乳臭未干的小孩子随意地换挡呢?出了事谁负责?"老郭笑了笑,露出了玉米粒似的黄牙,说,"你别紧张啊,洋洋想玩玩我就允许了,这不也没出事嘛!"母亲属于不怕一万就怕万一的那种人,她有些语塞,甩了句,"就你车技好!"

后来我才知道,母亲的车叫蒙迪欧,是自动挡的,不存在换挡这回事,这在我看来也少了些许快乐。

小学的时候,放学都是我一个人坐公交车回家。听母亲说,老郭在傍晚有定时的活要做。我天真地以为他是去接别的孩子回家,去教别的孩子换挡。

一次有急事,母亲让老郭抽身去接我送到她公司,这是老郭第一次出现在放学时的校门口。我上了车,见到了"那个孩子",可惜不是一个和我一样大的孩子,而是一个女人,一个花枝招展的女人。她占用了我的副驾驶位,拿着化妆镜,正在不停地扑粉。转过头看看我,精致的妆容下藏着一双乌青色的眸子。她开口问我,"小妹妹你觉得姐姐美吗?"随之而来的还有一股洗衣粉般的香水味。"美。"我脱口而出。她满意地转过头,说了句,嘴巴真甜。我好奇地问她打扮这么美要去哪,她说白金汉宫。我说,"是英国的那个吗?"这句话显然逗乐了她,"等会儿到了你就知道了。"老郭先送她,把车停在一幢金碧辉煌还散发着霓虹灯光芒的建筑物前,我问她:"要去里面干吗?"她说:"上班。""都傍晚了还上班吗?""你不懂,生活在此刻才算开始。"

我目送着她下车,S型消失在白金汉宫亮晃晃的光里,视线逐渐模糊,失焦。

看到母亲,我说想去白金汉宫玩,听说里面的人傍晚时候才开始生活。母亲很生气,大声地骂我,"小小年纪不学好,净想着乱七八糟的东西,那些人是小姐,不三不四。你要敢去那地方我打断你的腿。"我不解她的勃然大怒,委屈地哭了起来,哽咽地嚷嚷,"你凭什么,郭叔叔每天都送漂亮阿姨去那里玩,我为什么不行。"她皱了下眉头,"老郭带你去白金汉宫了?""没有啊!"回答时,我理直气壮,"就是路过,那房子真好看。""好看也不是你能去的地儿,里面都是些不正经的人。"母亲带着讥讽的语气,开始教育我。

第二天上学，我带着一肚子疑问向老郭发炮，"昨天那个姐姐是干什么的？"

老郭没说什么，暧昧地笑了笑。

我乘胜追击，"她是小姐吗？"

老郭看着我，眼睛眯成一条缝，"她啊，就是负责漂亮的吧！"

我听得出他话里有话，却又怕说破什么，便识相地闭嘴了。

后来稍微大了点，我知道小姐是什么了，白金汉宫被封查了，听说是干了些带颜色的事情。我问老郭，"还会每天送那个姐姐去上班吗？"老郭无奈地说，"她已经没法上班啦。"听上去是有些悲哀的，老郭少了个固定资金来源。有时候会担心，老郭以及他这类人，会不会有一天也像白金汉宫一样消失，离开我的生活？

上了初中，学校的位置发生了变化，为了早上能多睡半小时，我搬到离以前的家五公里外的一套房子里。老郭不再和我同一个小区，自然而然也没法送我上学了。于是我认识了小赵，另一个黑车司机。

小赵师傅更年轻些，甚至还喊母亲"黄姐"。他把车停在楼下，不会喊我，就安安静静地等，他会在车里听说书，有讲历史的，也有鬼故事，大概是为了多打发点时间，不让自己感到空虚，也避免了想家。我和小赵师傅一路上基本没什么话，他听他的书，我看我的景。也找不到什么话，送到学校，关上车门，朝两个方向离去。逐渐的，我开始对小赵产生一种莫名的嫌弃，大概因为他的车牌是皖不是沪，我不想被过路的同学知道我每天坐黑车上学，因为在大多数人的认知里，或者说大多数的黑车司机，都是外地黑心司机开着非沪牌的车，特别是在恶劣天气或者打不到出租车的地方坐地起价。但我拗不过母亲专车接送的执念，于是上学路上我总会让小赵提前一个路口，在伶伶便利店门口放我下车，自己走一段。

每次走那段路，我都会遇到他——一个同班男同学。我始终和他保持着距离，一个礼貌的笑脸也坚决不会出现。因为他过于呆板教条。他就是一个人，在班里不属于任何小群体。即使面对老师的批评，他还是保持他的沉默。一个人出现在早晨，再消失于傍晚。在班级里，连个外号也不配拥有。久而久之，班级也就分为两部分——他和其他人。

小赵师傅这人话也很少。有一次他送我和母亲去机场，在上外环高速的时候，警察拦下了小赵的皖牌车，要求他出示驾驶证。小赵显得木讷，呆滞地拿出证件。警察往车里扫了两眼，看到了后座的我和母亲，例行公事地问我和母亲还有小赵的关系，小赵冷冷地吐出两个字，"朋友"。这一举动显然是带有一点轻视的意味，我有些紧张，我怕小赵会因此被扣车调查，以至于让我误机。民警提高语调，"你们是，什么关系？"小赵看着他，眼神咄咄逼人，好像在宣示主权。眼看着他马上就要被扣留，调查关于开黑车一事。母亲摇下窗，用一口流利的普通话说，"警察同志帮帮忙吧，朋友刚好顺路送我们去机场，你看这都快到点了，都要赶不上飞机了，帮帮忙吧！"警察妥协了，把驾照还给小赵，没好气地说："算你走运。"接下来去机场的路上，小赵和我们谁也没说话，到了机场，小赵走了，母亲略带愤怒和失望地说："这个小赵，一点都不懂得变通。"

我想起来，坐老郭的车的时候也碰到过这样的事情。

那次他来地铁站接我,刚上车就被警察盯上了,在转角路口拦住了我们。我以为老郭会像刺猬一样和警察硬碰硬,没想到他乐呵地摇下窗,和警察招招手,当警察要求出示证件的时候,他拿出了驾照,顺带的还有两根烟,中华。警察一边接过驾照,一边拒绝了两根烟。老郭见状,又对他们说,"警察同志辛苦啊,大周末的还要查岗,不容易不容易,你们这是大天的查酒驾还是查无证驾驶啊?我可是好公民。"警察把驾照还给老郭,说,"查黑车。"老郭笑了,他说,"黑车?您看我这车不是黑的是金的!对吧,喜洋洋?"警察放了我们。路上老郭吹着口哨,仿佛在为自己的嬉皮笑脸而庆祝。想到这,我开始思考母亲说的变通是什么,我隐隐心疼小赵的耿直,担心着他再次被抓住,再次被调查,因此失去饭碗。

到了初中,我开始拖延,每次约好六点五十出门,我总会拖个五到十分钟,造成姗姗来迟的假象。初衷是希望小赵可以觉得我不守时而劝退送我上学这个活,好让我名正言顺地自己打车上学。可惜他没有,他依然安静地等,一言不发地开车。就这样持续了四年,我们第一次开口对话,是我略带高调地告诉他,我要搬回原来的房子了，言下之意，不需要你了。他是失落的，但言语上没表现出来，只是望着后视镜里面我的脸，说了句，"好好读书，一定会有出息的。"这是一句听烂了的话，没想到会从他口中出来，我猜他一定没好好读书，所以沦落到做黑车司机，任劳任怨地开车，沉在社会里。后来当我搬完家，听母亲无意中提起，小赵回老家了，安徽的某个小县城。一种五味杂陈的心酸涌上心头，是不是由于我当年的自私冷漠，让他感受到这座城市的无情和恶意，又或者说有许许多多我这样的人，让他在这座城市继续打拼的希望变得绝望。人总归是带点坏的，我会后悔为什么无数个上学的早晨不和他聊聊，哪怕只是说今天天气不错，下车说句再见。我会后悔为什么嫌弃他的车牌，那个路口的距离隔绝了他和这座城市的距离。

到了高中，我回到了最初小学住的那套房子。

我再次遇到老郭。

他再次担任起送我上学的任务，QQ换成了一款叫长城的汽车，红色的，车牌还是冀。时隔多年再次见他，我却有一种距离感。有次他送我去初中参加聚会,可他还保留着以前的习惯,在楼下大声地喊"喜洋洋"这种土掉渣的名字,扰民地按喇叭,使我烦躁。当我急匆匆地跑下楼,上车,看了看表,迟到五分钟,还好。苟延残喘的香烟屁股在易拉罐里面挣扎,他露出炒焦玉米粒似的牙,问我:"喜洋洋你在忙什么呢怎么下来这么晚?"我没搭腔,他又喊了我的真名,我才敷衍地回答说:"没什么。"他有些尴尬地说:"小姑娘看来长大了,有想法了,不喜欢这个别称了呀!"

小区里的路很窄,他不得不慢慢开。忽然,车在一个路口停住了,急刹车让我措手不及。他和一个穿着蓝色睡衣的男人面面相觑,那男人就看着他,四目相对。

接着一场没有红色的口水战伴随肢体的蠢蠢欲动拉开了帷幕,可以想象一个路怒族和起床气的碰撞,吴语与河北话的交织是多么炸耳。

这场闹战持续了十多分钟,终于在过路人的劝和下结束了。老郭回到车上,嘴里还在骂着各种难以打出来的脏话,我不知道为什么他的火气这么大,大概是因为我的迟到,穿睡衣的男人的不满,最后导致了这场骂战,一大早上我听得有些头疼。一路上加速，刹车，停住，等，再加速，再刹车……好像他的人生也是这样，活在循环里。用暴躁宣泄对生活的不满，然后继续工作，等积累到一定量以后，再次爆发。

我猜想着如果是小赵师傅送我，遇到这种事他肯定选择绕道走开，忍气吞声。他也一定不止一次遇到过这种事，最终堆积成离开这座城市的理由。他尽可能在这座城市避免一切不必要的麻烦，他不会这样骂街，更不会把车开得这样飞快，无论超速还是闯红灯都是要罚款扣分的。

回到了初中，时隔一年的同学再次回到那个教室，大家把积累了一年的话滔滔不绝地告诉昔日的好友。我注意到有个人没来——连外号都不配拥有的他。我向身边的好友询问他的缺席，大家都没当回事，无所谓地说："他在初中都没人待见他，聚会哪有脸来？坏气氛。"

聚会结束后，我打了辆出租车回家。有些发黄的高立塑料板隔开了我与司机的距离，有点儿距离总归是好的。我和司机师傅唯一的交流仅在于他问我："姑娘，去哪？"他不会在车里吸烟，也不会大声外放广播，更不会知道每个乘客的绰号。他只负责做好本职工作——把乘客从一个地方送到另一个地方，然后再等待下一个乘客。他不会主动攀谈，哪怕有点儿无聊。我想老郭永远不会是他们中的一员。如果他做出租车司机，一定会被投诉到失去饭碗为止。就像他永远无法真正融入这座城市。他忍受不了自言自语的无趣，忍受不了没有尼古丁的刺激，更无法接受像倒计时一样死板的计价器。他也一定会和大多数同行一样漫天要价，仅仅将一份带有良知的价格留给熟人。尽管如此，我还是对他有很大的意见。我再也无法忍受那难听的外号和源源不断的呛人烟味以及随时爆发的路怒族嘶吼。

到了目的地，下车前我与司机师傅说了句再见，他显得有些意外，回了句："再见。"

我在小区的路口看到了那辆瞩目的红色长城，车里面的老郭把驾驶座放平，正在用睡眠打发空档的时光。易拉罐里面多了几个还在呼吸的烟屁股，我理直气壮地从他车边走过。半开的车窗里，传出他沉重的鼾声和仍在播放的说书声。

"我以后不要再坐老郭的车了。"

伶 伶

家门口那家"迪亚天天"最开始叫"伶伶便利店"。

在我小学的时候,它只是沿街居民楼的一个小窗口,简单地在旁边立了块牌子,写着:"伶伶杂货店"。窗口高一米五四,我的头顶刚好挨着它的边沿。窗底下放了个小石墩,站在上面勉强能看到桌子上的红色电话,唯一能看清的只有天花板上昏黄的灯泡。店里具体有什么我不知道,只晓得是个宝藏地方,每次别人要什么日用品,老板娘总能拿出来,利索地给出价格,仿佛是哆啦A梦的口袋,应有尽有。老板娘没事的时候就趴在窗台上,透过这一个小窗口观看着老小区每天上演的鸡毛蒜皮的琐事。

小学时,每当放学,我都会路过那里。有时以买铅笔橡皮的借口从母亲那里顺来几个钢镚,跑去伶伶杂货店。多数情况和同龄人一样,嘴角残留着辣条红油,指甲缝里有弄不干净的饼干碎屑,但我总会从嘴边零食里剩下点儿钱,拿去打电话。父母在我读幼儿园时离了婚,在母亲的据理力争之下,父亲只能每个月来探望我一次,但随着见面的日期从月初推迟到月末，父母离婚的第一年，我和父亲只见了五面，最长的一次一个半小时，我们一起去老盛昌吃了顿饭。我菌菇过敏，而他给我点了碗双菇面。幼时总不理解父母的分开，也依然对父亲抱有一份依赖，我便给他打电话。这事情母亲不知道，她想把我牢牢地握在手中，她说父亲不是个好男人。

为了让我成为她口中的好女儿，母亲煞费苦心地用她仅有的大专知识，辅导我的学业。有一次她教我识字，把"肉臊面"写成了"肉躁面"，第二天我的默写没拿满分。她哭了很久，说自己没文化，耽误我的前途，还说我再这样下去就废了。我很害怕，我想，无论如何，父亲一定不会为我痛哭。

打电话五分钟内一块钱，超过五分钟我也不知道多少钱，毕竟，每次对面那头电话通了，当他听见我的声音，总用"要开会、要工作、现在没空、一定给我回电话"为理由很快挂断了电话，我曾一度以为，父亲也要上学，我放学了他还没，所以时间总是不凑巧。第二天，我一定会问老板娘有没有人回电话，"没来过"，这是最常听到的回答。

有一次,冬天傍晚五点多,暮色苍茫,我哈着气,搓着双手,包里不及格的数学试卷还未得到家长签名,我一步一步迈得沉重,脑海里预演着母亲看到分数后崩溃大哭的样子,她一定会埋怨自己生出了个不争气的家伙。不知不觉,我走到了伶伶杂货店。老板娘看到我,坐起身,说:"小姑娘这么晚还不回家?"我没回应,自顾自拿起电话,拨号,对面传来了"滴——"的声音,我知道拨通了。可是,随之传来悦耳的女声:"对不起,您拨打的电话正在通话中,请稍后再拨。"我听了两遍,一遍中文一遍英文。随后,我挂断电话,再次拨号。那女声依然不厌其烦地解释着,普通话很标准。

我愤怒地摔下电话,准备离去,老板娘喊住了我:"诶小朋友,电话费还没付。"我转过头,朝她大吼:"你这个电话都坏了!"她扶了扶腰:"你这个小把戏怎么瞎说话,这电话那么多人用的都好好滴,怎么到你这里就坏了啊?"她说得有些急躁,普通话没有电话里的女声标准,甚至还带了点口音。"那你试试看,就是坏了,明明通了。"我就快要哭出来了。女人接过电话号码,帮我拨通,结果如出一辙。她表示抱歉,我带着哭腔说:"就是坏了,就是坏了,爸爸怎么会不接我电话。"她从窗口探出半个身子,递给我一张纸巾,我看到她的指甲是红色的,她摸了摸我两天没洗的头:"电话没打通,不要你钱了。"突然,六点钟,小区里的路灯准时亮起。她在走之前塞给我两包咪咪虾条,叫我赶快回家。

后来我知道,她的口音是来自一个神秘的地方,苏北。有一次母亲让我去她那里买一瓶辣酱油,准备做炸猪排给我吃,却喊她苏北女人。我疑惑不解,到底什么是苏北女人,母亲说,小区里就这一个卖东西的。我不知道苏北是那里,一度以为是苏州河以北,我拿着酱油问母亲,"那我就是苏北小孩吗?"毕竟宝山也是苏州河的北面,老师在课上和我们讲过四行仓库,她说我们的祖辈就在这北面的土地上打淞沪战役。母亲用力敲了一下我的脑袋说:"戆督,哪有人这么说自己的。"

过了两天,放学后,当我去伶伶杂货店的时候,女人正准备递过电话,我摆摆手说:"上次那个真好吃,多少钱一包?"女人笑了,从货架上拿下两包咪咪虾条,说:"五毛一包,小孩子少吃零食。"我从口袋里拿出一个小袋子,里面装满了一毛钱,有一些是我从操场上捡的，每次跑完步地上总会零零散散有几个一毛。当我数到五，那个女人问我："你叫什么名字？""程苏洋。"我说，"我知道你叫今今"。女人有些诧异地说："什么今？"我指了指门口的牌子，嘴里念念有词，"今，jin，第一声。"女人笑了，她说："这个字读'伶'。"她刻意咬文嚼字地把这个字读出来，我猜她的故乡离我不远，因为我也不分前后鼻音。

此后，我常去她那儿，虾条还是五毛，通话时长也依然没有超过五分钟。唯一改变的事，是站在小石墩上的我已经可以将半个身子探入那个神秘的窗口了。

在我小学毕业的那个暑假，我终于不用再站在石墩上，可以和她面对面了，小区里却开始整治"居改非"，"伶伶"被封了。开放的小窗口砌上了水泥墙，只留了一扇窗，外面围着防盗的铁框。于是，我和伶伶杂货店这个小窗口的交集，也因为这水泥墙，暂时告一段落了。

此时，我上了初中，母亲恰好谈了场恋爱，她搬到男方家时顺便带上了我。

初中的家门口只有好德便利店和福利彩票。中规中矩的便利店真没什么意思。每次付款，店员总会从冰冷的收银机上撕下一张收银条，提醒着我每一笔钱的去向。渐渐地，好德里面的校服影子越来越少，与此同时，影子开始聚集在隔壁的福利彩票店门口。那里贩卖Q币充值卡，生意很好，一度好过了彩票生意。经历了那段时间的成长，我再也不会为了寻求五分钟的安慰而去打扰他的生活，QQ成为了我的新欢。老板很会赚钱，十块钱的Q币卖十五，他说好德便利店不卖这东西。可没过多长时间，网购开始风靡，福利彩票的Q币失去了它最大的客户源。有一个网站叫"我是学生网"，上面不仅有各种作业的答案，还可以用Q币网购，最重要的是，十块钱的Q币它卖十五。福利彩票店的老板怎么也想不明白，抢他生意的竟然是个网站，逐渐地，他也落寞了。

初中毕业后，除了黄钻变到七级，我一事无成。失利的中考，母亲再一次的感情失败，使我再一次回到老房子里居住。老小区的变化很大，家门口有个商场正在装修，路也在变宽，耳边风声镐声轰鸣不断，灰尘漫天飞舞，等建成后房价又要往上爬。令人惊喜的是，家门口的街道上有一家便利店，叫"伶伶便利"。绿色的底，屋檐旁，还挂着塑料帘子，写着"新东方教育"。唯一的遗憾是它在小区外五百米左右，对我而言，从顺路变成了绕路。

我怀揣着一种兴奋，仿佛找到了童年一直没舍得吃的那块大白兔奶糖，走进了那家店。

伶伶有了个很大的玻璃柜子，里面陈列了各式烟草。她坐在后面，看着电脑，嘴里嗑着瓜子。她没注意到我，自顾自沉浸在电脑上播放的电影之中，我瞄到电影的标题，叫《被嫌弃的松子的一生》。我穿过一排排货架，没找到想要的，这时候，一个穿着黑色夹克的男人进来了，他把手撑在玻璃上，指了一包烟说："中南海多少钱。"伶伶头也没抬，"35。"男人从夹克内口袋掏出钱包，手沾了点唾沫星子，边数钱边说："嘿，英子又生了个儿子。以前埋怨你不能生，现在生了俩养不起咯。"说完，男人拿出一张五十，把手悬在空中，停顿了一下，伶伶拿出一包烟扔在柜子上，一言不发。男人把五十展平放在桌上，说了句不用找了，便拿着烟出门，嘴里吹着口哨。伶伶依然目不转睛地看着电影，手中嗑瓜子的速度变慢了。那五十元还放在桌上，她没动。

我走上前去，问她现在还有咪咪虾条卖吗？"老早不卖了。"她说，眼睛还盯着电脑，忽然她抬起头，有点惊讶，得意地笑了一下说："我记得你，程苏洋。都大孩子了怎么还吃零食？"我不好意思地挠挠头："我搬回来了。"说完，我推开玻璃门。就在那一瞬间，风吹了进来，五十块钱掉落在地，谁也没捡。

我读的高中是一个区重点，学业压力不算太大，不学习也没人管你，吊儿郎当混日子的生活真正拉开了序幕。我开始逃学，但我并不是出去吃喝玩乐，只是回家睡觉，在白天睡个没有母亲唠叨的安稳觉。有一次，被年轻的班主任发现我逃课，她义正词严地要找我母亲聊聊。她曾是这个学校稀有的那一部分考到985的尖子生，我猜她看到我，是不是想起了当年落榜的同学，普遍都和我一样。

那天放学，我感到一种沉重的压力，内心的潘多拉魔盒仿佛被打开了。我想，反正都要找家长了，除了逃课，再来点事情也最多只是火上浇油，索性把他们认为逃课生会做的事情一起做了。我走进伶伶便利店说："我要买烟。"伶伶有些诧异，说："你抽烟？"我忽然感到一阵哆嗦，从脚底板一直到下丘脑。"给我妈买烟，我要中南海。"为了体现这句话的真实性,我一气呵成并拿出了35块。伶伶停顿了一下,接过钱,并送了我个打火机。我走到店门口,听见她喊了句:"你妈不抽烤烟,她抽的叫爱喜。"我顿时面红耳赤,恼羞成怒,发誓再也不来这家店。拆包装的时候手在抖。第一根烟烧黑了还是没点着,我学着电影里的场景,点烟的时候吸了一口,等到点着的时候,我已经呛到想要干呕。第一根烟,就此了结。

回到家,我把烟放在了柜子里。像往常一样拿出作业和手机。八点多,母亲回来了。她红着眼,脸色苍白。我已乏力去猜想着刚刚老师和她的谈话内容,甚至有一种要在此刻点烟给她看的冲动。她质问我为什么要逃课,我说没有为什么,我把自己锁在房间里。这时,她突然发了疯一般,用力地踹着我的门,嘴里喊着,你去和你那个烂人父亲生活吧,我也养不了你管不了你了,你自生自灭。

突然间,我的脑海里循环着儿时的电话女声,占线的声音如此的刺耳,几乎令我耳鸣。我冲出房门推开了她,穿着拖鞋跑出家门,没有看她一眼。

又是一个冬天,我在街上狂奔,风声盖过了脑海里的占线。

不知不觉中我跑到了伶伶便利店门口，我看到许多工人站在店门口泛黄的路灯下，吃着盒饭。我挤过一群安全帽，走到了店内，看到伶伶正接过盒饭，放到一个油腻的微波炉里，给他们热饭。旁边还有一桶开水，上面贴着"自取"二字。她看了眼我。我们面面相觑，此时，我率先开口打破了沉默："我没带钱，也没带手机。"

她撸了一下袖套，"现在不提供公用电话了"。

"我饿了。"

她转身从柜子上给我拿了桶泡面，我打开包装，泡完。她示意我坐在柜台里面吃。我把身子缩在柜台里面，尽力让大口吃面的自己和外面狼吞虎咽灰头土脸的工人划清界限。她就坐在旁边，看着店里的人，嘴里哼着小曲儿，歌词不是苏北话，是日语。忽然我问她："你是不是唱歌很好听？"她有些疑惑，问我为什么。我说："语文课上学的《伶官传序》说，伶人的意思就是会唱歌的人，你叫伶伶，一定唱歌更好听。"她被我逗笑了，"你还挺有文化，书没白读。"可她不知道，这是我仅有的一些知识。

那天晚上，吃完面后，我决定回家，"书没白读"四个字让我羞愧难堪，我发誓不能再这么混蛋下去。我敲了敲家门，母亲抱住了我，很用力，嘴里念着，"你是要逼死我"。

从那以后，我便逼着自己把落下的知识一点点捡起来，可现实生活没有开挂的人生。正当我重整旗鼓准备好好学习，疫情突然来了，让全球人民措手不及。我在那期间去了趟伶伶便利店给家里买点油，因为无接触，我用支付宝扫了扫她的收款码，界面跳出来的女人头像是个美女，黑白照片。收款名叫：伶*。我曾一度以为那是她的照片，直到有一次无意中看到有个日本女星叫"李香兰"点开一看，看到了那张一模一样的黑白照片，我才知道，原来那不是她，原来她对日本明星感兴趣。

当疫情终于得到控制，我回到了学校，开始最后一个月冲刺等级考，这将决定我高考的起跑线。那段时间我都是家和学校两点一线，似乎多绕五百米去趟便利店也是奢侈。终于，我拿到了个满意的成绩，可当我再次路过伶伶便利店的时候，它被高高的木板围了起来，印有"新东方教育"的塑料帘也不见了。我忽然感到一阵失落，我还欠了桶泡面钱，我想再见到她。

时隔两个月，再次开学的时候，"迪亚天天"代替了原先的"伶伶便利"。平日里熙熙攘攘，只有在晚上才能得到片刻清闲。当我感到物是人非，磨蹭着走入这间便利店的时候，门口的机器喊了声"欢迎光临"。我看到一个身着红马甲、染着黄头发的小伙子坐在前台玩《王者荣耀》，我庆幸自己及时回头，不然坐在那个位子的可能就是我了。

突然，我听见那个黄毛说了句："伶香姐，我们店怎么不卖爱喜烟啊，那个卖得可好了。"回头一看，一个女人正在清点收银机，用标准的上海话说了句："那是走私烟，我们正规超市不能卖这种的。"

原来，她叫伶香。

倒江湖

刚上小学那年，洋洋母亲怀了二胎，家里人为了让她安心养胎把洋洋送到了奶奶家，在外环边上。奶奶在镇上的北翼商业街里开了家店，卖丝网袜花和刺绣，她自诩自己是非物质文化遗产手艺人，其他人都是捣糨糊。北翼商业街是附近最热闹的地方，说是"商业街"，其实和街几乎没有关系，只是一幢规模不大的三层建筑。一楼是美食街，炸串、果汁、麻辣烫是标配；二楼美其名曰时装潮流馆，其实就是一间间小的服装店，有牌子的、没名字的，还有不少水货，能在里面找到。三楼是杂货区，乱七八糟什么都有，奶奶的文化传承也就在这乱世中展开了。

平日放学，洋洋就到奶奶店里去，陪她待到下班。一整个三楼就像是街坊邻居一样热络，大家也都互相认识。在奶奶对面的那家店叫"眼镜数码"，老板是个中年男性，姓赵，戴着眼镜，不高，精瘦，头顶还有点反光。周围人都喊他"眼镜"，洋洋也就跟着喊他"眼镜叔叔"。奶奶有时候在店里忙着做花，刺绣，没时间搭理洋洋，洋洋就跑到眼镜叔叔那里去，他有很多好玩的稀奇古怪的东西。有一次，他送了洋洋一个发光二极管，像一个迷你手电筒，不仅能照明，还能发出红色的电光源，仿佛传递着某种神秘的信号。

第二天，洋洋把它带到学校和同学们炫耀，她说，这红色的电光源是给外星人发射信息的，射中谁就会被外星人看到，在梦里把你抓走。一下子全班沸沸扬扬，都迫不及待地想看看这能连接地球和宇宙的神秘信物。中午午休的时候，洋洋的发光二极管被一个男孩子抢走了。下午班会课，他做了个奥特曼的手势，老师以为他举手，谁知道他突然把那束神秘力量射向老师的额头，并喊着："我要把你发射给外星人。"老师勃然大怒，把那件信物据为己有，质问那个男生这邪物哪来的，不出所料，他把洋洋供了出来。晚上，父亲被老师抓来学校，风尘仆仆，走的时候他陪洋洋去数码店买了个可以插DVD的小电脑，并告诫洋洋：奶奶不容易，要听话。他临走前把她交到奶奶手上，用词严肃地说："妈，小蕾怀孕，我很忙，你一定要管好洋洋。"说完，他转身离去。奶奶无奈地摇摇头，"囡囡，可怜了这个囡囡啊。"

过了一周，整个三楼都在传，眼镜家的女儿有出息了，保送到当地最好的重点高中。只要路过眼镜的店，人人都会去问候两句他的教育方式，而眼镜总是谦虚地摆摆手："我都没读过几个书，何谈教育，小孩子努力认真罢了。"那是洋洋第一次见眼镜的女儿,奶奶口中别人家的孩子。她长得高挑,穿着校服,直头发,也戴着眼镜。奶奶那天也拉着洋洋去了眼镜的店,她把目前唯一的孙女介绍给了眼镜女儿,还让洋洋和她多学习。依稀记得洋洋当初开口说的第一句话是:"姐姐,你脖子上的红领巾能送我吗?"当时还在戴绿领巾的她,对红领巾是如此羡慕,那就是长大的标志,也是失去童真的警告。

洋洋每天放学不是回家,就是直奔商业街。她观察着这里上演的一切。比如,她无法理解为什么一件商品,眼镜给的价格每次都不一样,有人会因为五块钱而斤斤计较十分钟。

洋洋如愿以偿地得到了眼镜女儿的红领巾,她把它放在口袋里,使它能不经意间掉落在地上,又恰好被同学看到,再重新捡起,最后轻描淡写地说一句:"没什么,我就是有红领巾了。"然后引来羡慕嫉妒的目光,目的达到。

有一次,正当洋洋用租红领巾换来的两块钱,在一楼买了串烤肠,准备上三楼的时候,楼梯间,洋洋看到了眼镜女儿,她今天没戴红领巾,也没穿校服。她身边还有个年龄相仿的男孩子,头发是黄色的,两个人靠得很近正在接吻。黄毛的手搂住了她的腰。忽然,两个人注意到了洋洋,迅雷不及掩耳地弹开。眼镜女儿看了眼洋洋手上的烤肠,二话不说拉着她下楼又买了两串,并盯着洋洋吃完。虽然这种被人盯着吃东西的感觉不好受,但奈何烤肠好吃,洋洋还是美滋滋地吃完了。眼镜女儿在洋洋擦嘴的时候,问洋洋看到她和黄毛干了些什么,洋洋说:"烤肠真好吃,谢谢姐姐。"说完,便上楼了。

上楼后她碰到了羊奶大叔,五十多岁,无儿无女。他是三楼卖各种保健品的,其中主打的就是羊奶粉。他曾无数次和过路人宣传:"我家的羊奶,来自呼伦贝尔草原最好的羊,老人喝了长命百岁,小孩子喝了天资聪慧。"三楼没人搭理他,都喊他神经病。有一次,当洋洋在店里用那个DVD机看《爱探险的朵拉》时,羊奶大叔走过来,凑近她,神经兮兮地说:"喝了我的羊奶,你这些外文都能记住,你英语能说的比朵拉还好。"洋洋惊喜地问他是真的吗,他点点头,还加了句:"只要让你奶奶给我钱,你就能变成大外交官。"那时候她并不知道什么是大外交官，只知道能把英语说好是一件很值得骄傲的事情，她可以用英语在学校里骂不喜欢的小朋友，他们也听不懂。

突然有一天，羊奶大叔的店再也没亮过灯，玻璃门上贴了招租启事，门口传来各种唏嘘。洋洋才知道，前一天晚上他和一个客人吵架，客人说他的羊奶是假的，不仅没有延年益寿的功能喝了还拉肚子，羊奶大叔拍着胸板，说自己是摸着良心做买卖，怎么可能捣糨糊，让他不要污蔑人，说完，自己还"吨吨吨"地喝了两瓶羊奶给他看。客人见遇上了根轴，甩了句："疯子。"走了。听说，羊奶大叔晚上骑着电瓶车回家的时候，没看清路，摔倒在地，一下子心肌梗死，倒地的时候，嘴里还吐着羊奶。周围人看着空荡荡的店，议论纷纷："什么长命百岁，我看也就年过半百。""瞎搞，罪过啊。"

没过多久，那家店又重新亮起了灯，店铺名称变成了"伶伶美甲"，老板是个三十岁不到的女人，洋洋猜她叫伶伶。身材婀娜多姿，大波浪及腰，脸上胭脂水粉一样不少，方圆三米内充斥着浓郁的香水味道。整个三楼的人都小心翼翼地打探着这个外来女人，猜测着她的过去,"以貌取人"是必然的。奶奶曾叮嘱洋洋要离她远点,说她看着就不像什么好人。

洋洋只觉得她很好看,她经常在店里放一些动感的音乐自娱自乐,有一次洋洋在奶奶店里唱刚听到的歌:"伤不起真的伤不起,我想你想你想你想到昏天黑地。"奶奶指着洋洋让她闭嘴,还打了一下她的屁股,她说洋洋一个小姑娘家不知检点,捣糨糊,怎么能唱这种风俗的歌。这时,她接了个电话,脸上乌云立马散开,她急不可待地拉着洋洋下楼去买橘子。她选的都是青色的,洋洋问她为什么买还没熟的橘子,她笑着说:"你妈妈来电话,今天去产检,想吃酸的东西了,让我带你去看看她。"洋洋不理解产检和酸橘子之间的必然联系,只知道,奶奶已经忘记刚刚唱歌的事情了,她现在很开心。

到了妈妈家,洋洋被安排在客厅看电视,这是为数不多可以不用和奶奶抢频道的日子。她在客厅听到了奶奶和妈妈的谈话,奶奶在说什么 B 超之类的,妈妈说现在还都不确定。奶奶说,那你去塞个红包,这种事情要趁早准备。洋洋听不懂她们在讨论什么,也不想懂。

回家路上,奶奶一直在喃喃自语:"真好,我们要有人传宗接代了,真不错。"忽然,她问洋洋:"囡囡,妈妈给你生个小弟弟好不好啊,你就是大姐姐了。"洋洋天真地看着她说:"奶奶,我喜欢妹妹,这样我就能把她打扮成芭比娃娃了。"奶奶听到,忽然又变懒了,骂了句:"丧气。"洋洋不知道自己说错了什么,脑海里幻想着小妹妹出生后,把一切喜欢的小玩意都给她,把小时候舍不得穿的公主裙也给她。但如果是小弟弟,那也没什么适合他的,况且洋洋不喜欢调皮的男孩子。

　　算着日子,马上到了重阳节。采办节庆用品的人络绎不绝,奶奶的店门庭若市,无论是丝网袜花还是刺绣,都卖得很好,她忙得不亦乐乎,而洋洋只能一个人孤零零地坐在角落里,她很饿,却看着忙碌的奶奶插不上话。这时,和洋洋一样无聊的美甲店女人看到了她,示意洋洋过去。一进房间,洋洋便闻到了一股甜腻的香水味。女人从一个印着绿色人鱼头像的牛皮纸袋里面拿出一块点心,递给洋洋。洋洋问她这是什么,她说这叫麦芬,很好吃的。洋洋说了声谢谢,便拿着麦芬回到奶奶店里,坐在角落里独自享受这份美味。就在这个糖油混合还剩下最后几口时,奶奶看到了洋洋,她放下手中的货径直走过来,问洋洋在吃什么。洋洋指了指美甲店的女人说,这叫麦芬。奶奶一把抢过她手上的食物,拉着洋洋去美甲店女人那里,问她这东西多少钱?女人招招手,说:"阿姨,别客气了,给小孩子吃着玩玩的,谈什么钱。"奶奶义正词严地说:"下次不要给她了。"临走时,放了十块钱在那个女人桌上,并教育洋洋不能吃陌生人给的东西,更不能吃那个女人给的东西,脸上露出不悦的神色。

那天晚上,大量订单涌入,收工时已是晚上九点。奶奶领着洋洋回家。在路口,她们看到了那个叫伶伶的女人上了辆摩托车。骑车的男的体型肥硕,戴着头盔看不清脸。没过一会儿,随着深夜里风驰电掣的声音呼啸,两人消失在夜色中了。奶奶朝着地上呸了口唾沫,拉着洋洋走开了。

洋洋始终不理解奶奶为什么对美甲店的漂亮阿姨有如此大的敌意,但第二天,一件轰动整个商业街的事情发生了。眼镜的女儿忽然一早来到他店里,还跟着了个男的,洋洋认出来就是那个黄毛男,但他这次把发色换成了白色。他的手依然放在眼镜女儿的腰上。洋洋听不清他们三个具体说什么，只知道起了很大的争执。眼镜女儿转过身，洋洋看到她惨白的脸，浓密的睫毛还有火焰般的口红，像是美甲店女人的进阶版，走路的时候，牛仔短裤好像随时一弯腰就会露出半个屁股。这时，周围的闲言碎语又开始了，有人说眼镜的女儿沾染歪风邪气，指桑骂槐说着美甲店的女人，还有人说，"这就是眼镜骄傲的'好女儿'啊！"眼镜默不作声地把货架上的物品一件件摆整齐。奶奶走上前去，让周围的人别凑热闹，别多管闲事。这次，眼镜女儿在她口中变成了反面教材。

过了两天，眼镜的店也被贴上了"招租启事"，听说他回老家了，女儿已经不再属于这个父亲。

三楼更新换代很快，眼镜前脚刚搬走，后脚一个小伙子就搬来了。他自称"肥宅"，店里面摆着各种日本动漫。小学一年级的洋洋并不认识那些，上面写的也不是中文字。女性角色穿着奇奇怪怪，但脸都很精致，她觉得可以和芭比娃娃媲美。那家店一下子成为三楼的宠儿，每当放学总有一群学生围过去，门庭若市。洋洋曾央求过奶奶给她买一个日本手办，这是那个"肥宅"告诉她的，他说手办比芭比娃娃有意思多了，他还说日本动漫比《喜羊羊与灰太狼》好看，这引起了洋洋的好奇心。但奶奶却说："那东西是洋玩意，怎么比得上中国非物质文化遗产？"洋洋知道她又开始得意自己是非遗的传承人，她还说："现在的小年轻，就是崇洋媚外，捣糨糊过日子。自己国家的东西还没搞明白就开始崇尚小日本，真不爱国。"奶奶总是这样，仗着自己年纪大随意评论。三楼的店铺也多数这样，仗着自己在这里的资历久，总是对那些还未站稳脚跟的新店抱有尖酸刻薄之意。

终于有一天，招租启事轮到奶奶了，她很开心地告诉整个三楼，她这次关店是要去抱大孙子，她说她的儿子和儿媳妇很争气，生了个男娃。告别的时候她给三楼每个店铺都送了袋纸杯蛋糕，也给了那个美甲店女人。那个女人看着洋洋，眼神里总有一种说不出的怜悯。

于是，妈妈变成了弟弟的妈妈，奶奶也变成了弟弟的奶奶，而洋洋被送到了晚托班上，和一群年龄相仿的孩子继续倒江湖。

若干年后的今天,洋洋十六岁,弟弟也迈入了两位数的年纪。有一天奶奶忽然说,把郊区的老房子过户给她,因为现在这套大房子,弟弟以后结婚要用的,她不能亏待洋洋。

光明顶

孔霄卿

矿上这两天任务紧,三班倒,班里弟兄们洗完澡倒头就打呼噜,老范的扑克搁柜子上都没人摸一下。我睡觉不沉,平日里有人上外头撒尿都醒,这几晚也愣是雷打不动,手机铃声响了好几轮都没听见。第二天早上响起床号,起来一看手机,展明亮给我打了六个电话。班长在招呼着开学习会,喊我好几声,张班副,张班副!我冲他扬了扬手机,钻到屋外头,给展明亮打回去。那头一接通,没寒暄一句,张口就跟我说,顺子,老刘没了,明天回柳县老家发丧。

柳县是我老家,也是刘超、展明亮老家。九七年我和展明亮跟着刘超上外地打工,他领着我们去四川,黄水矿场。我和展明亮人生地不熟,就是刘超的俩跟班,他上哪儿我们上哪儿。跟我同一批下矿的兄弟还有光子马晓光、谢嘴巴谢彬彬,数我们五个关系最好。零二年我结婚,之后跟着我媳妇上东北一个矿上干去了。她在那个矿上做饭,她叔是那个矿上的一个副书记。那个矿好,我娘给她家送彩礼那天她偷偷跟我说的,那个矿工资比你现在这个低,可安全啊。你们那个矿……

老刘当年领着我和展明亮去的那个矿不正规,是个违法的私人矿。展明亮跟我说,老刘这次出事儿,就是因为井里的护顶板装得不牢固,掉下来砸到头上,当场就凹下去了半个脑袋。"老刘嫌麻烦,老不戴帽子,你知道的……"展明亮坐在我对面的行军床上,低垂着头。我吐了口烟,干应了一声,把烟屁股扔地上碾了两脚。这是我兜里最后一根烟,另外好几包都塞给我班长了,好叫他安排人替我班,准我两天假。当天我就坐火车回了柳县,找展明亮。我在柳县已经没有家了,老娘死的第二年,媳妇就叫我卖了家里的老房子跟她一块儿待在东北。我跟展明亮说我要在他家借住一晚,展明亮愣了一下,说我太客气了。

他给自己搭了个行军床，硬要我睡在他的床上。他屋里收拾得挺干净的，一看也好久没住人了。我问他，我说，怎么，还没找媳妇？展明亮笑了笑说，我找什么媳妇。那天晚上我面朝墙壁躺在床上，想老刘，又想不起来他的脸，就记得鼻头正中长了个痦子，很滑稽。我又安慰自己，明天看看骨灰盒上照片，就知道他长啥样了。自打我去了东北到现在八年，我没再见过这帮兄弟，我有时候想，这就跟武林大会一样，我们几个在比武中一见如故互相欣赏，之后像大侠各奔东西，相忘于江湖。我暗地里自称张无忌，叫老刘石破天。当年我从来没跟人说过这些话，怕人笑话，后来我喝醉时跟媳妇说起老刘，我说，石破天转世！媳妇没听懂，说，破什么天，天哪能破。我没再多说，我一直不跟她多说什么，她不是赵敏。

行军床"咯吱咯吱"响了一阵，展明亮爬到我床上。那不是我的床，那是他自己的床。他光着身子，手很凉，伸进我背心里，很用力地摸我的小腹，又隔着短裤攥住我老二。我把他手挡开，他躺在我身后，颤着嗓子喊了我一声"顺子"。我没理他，他沉默了一会儿，又塞塞窸窸躺回行军床去了。

次日一早我六点多就醒了,展明亮买了油条放在桌上。那油条软软地耷拉着,嚼起来,没滋没味。我问他,你没上王大娘家买油条?展明亮说他就是专门上王大娘那儿买的,他去了才知道,王大娘去年搬到深圳她儿子家享清福去了,现在做油条的是她侄子,生意不好,正盘算过两天关门不干了。展明亮骑电瓶车驮我去老刘家时从她家过,门口锅沿上还剩了十好几根油条。我想起来小时候我吃的那些油条,又脆又香,炸得金黄,一捏十根手指头上一起流油。我经常吃着油条,跑对门书摊子上看金庸的连环画,抹得书上全是油印子。

我叫展明亮停在路边上,把剩下的油条全买走了。展明亮很错愕地瞪我,我说咱备着,来回路上饿了能垫肚子。展明亮说,中午在老刘家吃席,晚上跟光子嘴巴喝酒,哪个能饿着你了?我无言以对,跨上后座。

展明亮一拧车把,很生气地说:"你就这样!"

我闹不明白他说我哪样,他是想说我净干没用的,还是想说我老喜欢当老好人?要是怪我喜欢当老好人,这得算老刘头上,都是跟着他学的。我们到老刘家时,他家屋里站了不少人了。老刘头上俩姐姐，下面一个妹妹，都嫁人了，这回专门赶回来给他发丧，就老刘一个人到死还打着老光棍。可老刘人缘好，他们村的人都记挂着他，下午发丧的时候全都站满了路两边，不少人都哭，哭得真心实意。光子哭得最厉害，一把鼻涕一把泪的。他这些年一直跟着老刘干，和他感情最深了。晚上我们几个一块儿上饭店里吃饭，他倒了一满杯子啤酒灌下嗓子，喊着敬老刘。

我们几个在县里火锅店喝的酒，光子和嘴巴都是四川人，能吃辣，叫老板多放辣椒，油汤上铺了一半红辣椒，辣得我眼泪哗啦啦地流。我们聊起九七年刚下井的时候，我们几个在底下扯着嗓子侃，有时候带着扑克玩。嘴巴话最多，我话最少，光子说，那不是话最少，是压根儿一竿子打不出个屁来。我怕黑，每次下井开着矿灯都觉得心慌。刚下井的时候我顶着矿灯，骗自己这一铲子一铲子挥下去是在修炼盖世武功。那时候的矿道不是矿道，是通往藏宝洞的密道。藏宝洞里有武林秘籍，有金银珠宝，有等待我拯救的绝世女子。我一铲子一铲子地挖，总有哪天我能把它挖穿，挖出来个白头发老头夸我好小子有韧性，要收我为徒。可我沉默着埋头挖了那么久，到现在也没把那老头给挖出来。

那晚我醉得趴在火锅店油腻腻的桌子上，展明亮把我摇醒，叫我去赶火车。我拎起包出门，迷迷糊糊看不清，一头撞上门框。展明亮哈哈大笑，走过来扶住我。他也醉得不轻，几步路撞翻了俩椅子。他送我到街边，扬手给我叫了辆三轮。临上车前他狠狠抱住我，叫我保重。我拍拍他的背，张口要答应，打了个酒嗝。展明亮没嫌臭，还是抱着我不撒手，可我嫌热，把他推开。展明亮又哭了，他的表情看起来比下午送老刘的骨灰盒时还难过。其实下午发丧的时候我也没多难过，骨灰盒上只贴了老刘的一张很糊的大头照，不知道是多少年前的了。我还是只看清了那个痦子，看不清老刘长啥样。骨灰盒里装的不是老刘，我见过人被火化以后的东西，碎渣，白的，全都长得一样。我以前怀疑是火葬场的老板图方便，每个死人的骨灰都拿塑料渣子替代，按斤称。认识老刘的这些年我一直或多或少在模仿他，因为我羡慕他，羡慕他朋友多，羡慕他一副对谁都亲切的样子。可他现在也成了一盒按斤称的塑料渣子，被埋在地底下了。

我抹了把脸,满手潮湿。

我回宿舍时班长还没睡,他换班了,等会儿就要去下井等待室。他扔给我一根烟,还是红河,我走之前给他的那几包。他当时揣上这几包烟,还不忘跟我论人情,说要是别人求他办事儿,半条黄鹤楼也下不来。这话是客套话,但我也知道,要不是我跟他关系好,我也确实脱不了身。万一出点什么事儿,他要担大责任的。我这些年和身边人关系都打得好,我打心眼儿里感激老刘。当年我性子很孤僻,还天天觉得自己以后得是张无忌,谁都看不起。光子、嘴巴他们几个都是跟老刘关系好,才爱屋及乌地跟我称兄道弟。就展明亮是喜欢我这个人,可那是因为我跟他上过床,他把自己当娘们儿,把我当成他男人了。我结婚之后他比谁都恨我,见我就骂,没几天我去东北了,他就再也没跟我说过话,电话也没打过,直到这次老刘没了。以前他老喜欢给我打电话,我在屋外头接,他在屋里打,这样他就能光明正大地跟我谈恋爱了。我不愿意他说这叫谈恋爱,男的和女的那才叫谈恋爱,我俩这是不伦不类。展明亮每次打电话,都要我先挂掉五个,再接第六个,他说这样他的名字后头括号里就是个6了，吉利。我媳妇不这样，她等不了五个电话，只要她打电话我没接，她就要劈头骂我。她知道我排班表，知道我什么时候吃饭，什么时候打牌，什么时候蹲在宿舍平房后头发神经。自从她知道我总一个人绕开人群发呆，她就说我发神经。只有在这些时候，她才让我隐隐约约觉得她似乎是有些赵敏的影子的。

我刚放下包，烟还没点上，伙房新来的小姑娘扒着门框叫我，说赵姐叫你过去。班长起哄了两声，可就他一人醒着，没劲，讪讪收了声。我打着手电去伙房找赵敏，她把大勺递给那个新来的，拽着我袖子出去。我们站在门口，她问我干啥去了，一整天没个人影。我说老刘死了，我去看看，她瞪大眼睛压着嗓子骂我，你狗日的！别仗着我叔是副书记，回头出了事儿有你好果子吃。我说我没仗着你叔是副书记，她轻车熟路地把话头拐上我翅膀硬了昧良心，数落了我满头"倒插门""彩礼少出个鸟"。这是我第一次真正听她到底在讲什么，以往她发牢骚时我都累得没精力应付。我忽然有些悲哀地发现，她口中有一个没用的发神经病的懦夫，而那个懦夫就是我。我开始反省我是不是真的是个靠女人的懦夫，是不是靠她来的东北,是不是靠她在这个矿上当了工人,是不是靠她当副书记的叔混到了今天工资不低还有了个狗屁小职位的地步?我发现是这样。不是靠我帮别人打的水,顶的班,也不是靠我那几包红河,不是靠我模仿老刘老好人的样子换来的好人缘。那我错在哪里了?问题难道出在我没有像老刘一样打光棍,而娶了一个不是赵敏的赵敏吗?

我走神了,赵敏揉了我一把。我一下子控制不住脱口而出,我问她,你知道我长什么样吗?赵敏正在气头上,她又不管不顾地揉了我两把,说,不知道!不知道!你一天到晚灰头土脸你自己没数吗!你长得多美还生怕人不知道你长啥样呢!

我再回到宿舍时,班长正要出门。我脸上没带什么喜色,他可能也看得出来。他拍拍我肩,叫我下一班再下井,回头多带带新来的小王。我翻身上床,干躺了半天睡不着,绕道平房后头的空地蹲下。那片空地铺了水泥,前两年领导来的时候说要在这儿建个娱乐室,铺完地砖就没人再提这茬了。空地后是更平坦的野地,我刚来的时候还没修厕所,工人都跑那片野地里解手,男的在左女的在右。再远的地方是一片起伏的山头，夜里潜在月亮底下，雾蒙蒙的。刚来那几年我总想着在那儿决战光明顶，或者是华山论剑。后来我越来越看不清那些山了，我就只是盯着远处发呆，脑子里没有刀光剑影，只有一片茫茫的黑。我在矿道里待了太多年了。我更习惯黑暗，觉得那个月亮突兀，它不该照亮山头。

下午我领着小王下井，他第一次到那么深的地下去，很紧张。罐笼猛一震颤，他就抓上我的手，草木皆兵地问我，班副，咋了。我叫他跟在我身后，开着矿灯往矿道里走。小王和伙房新来的那个小姑娘是一对小情侣，俩人如胶似漆地腻歪，下井这趟估计得是他俩处对象以来第一次分开这么久。几个人都很沉默，老工人和新来的都很沉默。我们闷头干活，一铲子一铲子地挖着。矿道深深地伸进黑暗里，潮湿又闷热的气息扑在我们脸上，爬在我们脚上。我已经好些年不再妄想矿道尽头的武林秘籍、金银珠宝和绝世美人了，这条矿道没有尽头，这片黑暗也没有尽头。有人先扔掉了铲子，我一摸脸，已大汗淋漓，便和另几个人一同扔了铲子，开始脱衣服。小王傻眼了，看着我们几个脱得一丝不挂，我看了他一眼,说,你要不嫌热就穿着。过了一会儿,旁边一阵窸窣,小王把衣服和我们堆在了一起。我冲他招招手,示意他跟着我一起往前,侧身过窄道的时候有个发烫的东西在我背后蹭了一下,我扭头看去,小王身下那根东西颤巍巍地立起来了。另外几个老工人都笑出声了,小王满脸通红,头都不敢抬。我们都知道,这是这种状态下身体的正常反应,这些老工人都经历过。我和展明亮第一次跟着老刘下井,忸怩着脱了衣服,也这样尴尬地站在众人的笑声里。老刘当时毫不在意地拍着我们光裸的背脊,也在笑,说这有啥啊,大老爷们儿的,下井以后这样很正常。后来展明亮总借着黑暗,往我身上蹭,又或是装作不经意的从我身前挤过。我终于被他摩擦成了一团火,带着我的一腔无处排泄的冲动与欲望,带着我一切苦闷的孤傲,裹挟着他在无人知晓的地方燃烧。我很清醒地意识到,此刻的我遇到了当年的顺子,一个没有展明亮的顺子。我应该同往日一般学着当时的老刘,善意地拍拍他,并宽慰他。可我没有,那一瞬间,我把小王看成了十几年前的展明亮。我扔掉铲子,狠狠地往他脸上打了一拳。

上井后我一言不发，回宿舍收拾了自己的包。我知道我做不成老刘了，我也不该再做老刘了。宿舍里没人，小王没回来，其他人跟班长下井了。我背起背包，一路沉默着去了火车站，买了张往西的票。检票处的小姑娘见我满脸乌黑，很狐疑地打量我两眼，问我，叫什么名字？我说我叫张全顺。不是张无忌，不是无忌，是全顺，全都顺利，事事顺利。可人怎么样才会事事顺利呢？

她又问我，矿上的？你往西干啥去？

我说我要决战光明顶。

孔霄卿

囍

天知地知神知鬼知，何谓无知；

善报恶报速报迟报，终须有报。

今日且说顺治年间民间一广为流传的故事。这事儿出在临近九华山一小县城，叫泗水县。再深究了说，这事儿出在泗水县边一个村子，村后靠山之处有一小庙，供奉着一位十三娘娘。

说到这十三娘娘，本乃九华山一喜鹊，在那半山腰一棵树上筑了巢。却说一日山前村子里一男子上山迷了路，误打误撞摘下了山里一颗灵果。那果子红润柔软，细看之下更是光泽缭绕，实属凡间不可多得之宝物。正兀自把玩，一鸟儿俯冲而来，啄走了那果子。得益于此，十三年后这喜鹊修炼成精，化作人形下山报恩，却听闻那人已远走他乡，遂悻悻而归。这恩没报了，反倒是同村人将仙女下凡传得神乎其神，在村后立了座十三娘娘庙，就这么供奉起了那喜鹊精。

再说回到那坊间故事。村里叫邹大的，女人原是当地名门赵家的千金，家道中落时叫贼人掳了去。半道正暗自垂泪，却碰上耕地回家的邹大，挥着铁犁救了美，便顺水推舟讨作了婆娘，生了个大胖小子，取名邹六。故事到这儿本该是段佳话，却不想没过几年，那千金又上了八抬大轿，跟着她当了县令的老相好跑了。邹大丢了美娇娘，成日叫人在背后戳脊梁骨，愣是咽不下气，往村头大柳树下老井一跳，扔下邹六先行到那地下去了。那孤儿左右不过总角，幸而得了对门小寡妇邹李氏时常照看着，吃一顿落一顿倒也养活大了。

且说那邹六，自打没了爹娘，就常上村后头十三娘娘庙里转悠，还跪在娘娘面前认其作了亲娘，每逢初一十五不忘上供。那十三娘娘本不过一山野精怪，见这后生苦命又诚心，倒也不少入梦相与，照拂一二。只那喜鹊精本没修得人身，便借了邹李氏的好相貌，害得那愣头小子每每瞧见对门寡妇，竟难分清是人还是精怪。

日子一晃就到了邹六弱冠之年。却说那日天还未亮邹六便起了身，欲往庙里拜会娘娘好生庆贺一番。不想前脚刚出了门，就见自家院里落了只黑鸟，叽叽喳喳叫个没完。邹六霎时怒从心头起，嫌那黑东西冲撞了自己的吉祥日子，拾起块石头就对着那鸟头砸去。那黑鸟哪里料到这人竟直直要取自己性命，一时间吓呆在原地，竟然就这么一命呜呼了。这厢邹六拎着死鸟，犹觉得那身皮毛不吉利，弄不好自己一个年头都要叫那邪物缠上，便又回了屋，好一番折腾，将那鸟皮毛剥了干净，扔进锅里熬了汤，用缺角的瓷碗好生盛上，要带去供奉他的娘娘。

那夜正是月明星稀，邹六捧着碗汤就上了小路，路却弯弯绕绕走不到头。再往前走，四下里枝附影从似鬼怪张牙舞爪拦住去路，一时间竟连方向都分辨不清。邹六大惊失色，只道是碰上了盗路小鬼，却不知破解之术。正慌神，又忽而听见路边地里窸窸窣窣有活物跑动的声音，不免一激灵，反倒是咬紧了牙关，心一横。罢了，是祸躲不过!再者此地离十三娘娘庙也不远,料想那小鬼也不敢为难于自己,便强作镇定道:"不知阁下是何方神圣,拦住小生做甚?"这一喊倒真喊出了三只小鬼。为首的那只面色铁青,唤作青面鬼。身后跟着的一只吐着红舌头,往下垂着涎,唤作红舌鬼;另有一双目白花花一片,朝上翻着眼皮的,便唤白眼鬼。

这三只鬼倒不为难邹六,只向他说明了来意,想借邹六的六魄使使,三日后定还与他。邹六一听,这怎了得,七魂没了六魄可不就去了半条命?眉头一皱,张口就要推拒。那青面鬼却抢先截走了邹六的话茬子,一张嘴竟带了些哀凄,道:"邹郎有所不知。我兄妹三人本是天杀的鬼差错勾了的命案,那瞎了眼的怕我三人入了地府坏他差事,竟将我们留在阳间做那无根的野鬼。我兄妹三人游荡百年,见那人来人往着实羡慕得紧,只想各借生人两魄,好再尝尝做人的滋味儿。"苦苦哀求半晌。邹六听得心有戚戚焉,只得应允。那青面鬼便要走了哀惧,红舌鬼取了爱欲,白眼鬼则讨了恶怒去。三只鬼遂喜笑颜开,对着邹六拜了又拜,直呼恩人,一闪身便没了踪迹。

却说这邹六,乍一不见了那三鬼身影,只觉一股冷气飕飕从脚底钻上天灵盖,身上一下子没了力气。顾不得适才那离奇事,赶忙加紧了步子,往十三娘娘庙匆匆赶去。却不想抬脚便重如千斤坠,没几步功夫,豆大的汗珠直从额头上往下掉。邹六料想是失了六魄的缘故,不免有些怨怼自己偏要做这滥好人。笨极!却转念一想,那三只鬼此刻必然对自己感恩戴德,又凭空生出几分欢喜,便越想越是高兴,一路傻笑着往那庙里去。

好不容易走到那庙里,累得邹六气喘如牛,再一摸额头,手指头缝里都往外渗出冷汗了。张嘴便欲咒骂,却寻不着气打何处来。甫一抬眼,瞧见那十三娘娘像,一时间又喜上心头,咧开嘴,乐呵呵喊着娘就往前走。一面道:"儿行了善事了。"便贴着十三娘娘的脚席地坐罢,才自觉能缓上口气来。

这般过了三日。三日后鸡鸣时分,三只鬼果真如约而至,还来了邹六的六魄。却见邹六蓬头垢面,抱着个空碗卧在十三娘娘的脚边,正咧嘴痴笑,竟已显出疯癫之状。三只鬼面面相觑,忙不迭上前扶起邹六,作了个揖,便相携而去。这厢邹六才清醒过来,只见眼前模模糊糊飘来几个影子，有的怒骂着，亦有哀哀哭的。待影子都飘到跟前，邹六一个激灵，眼前倏忽清明了。影子也不见了，倒是满腔愤懑怨气终于涌来，邹六眼睁睁瞪着三只鬼消失的地方破口大骂。

却可怜这邹六，没骂两句就没了力气，只得自认倒霉，长吁短叹一路回了村。不想行至村头大柳树下，将欲坐下歇息，身后就跑来几个衙役，拽起他对着手里一张画像比照两眼，就要押着走。邹六哪里能就这么被草草抓了去？自是不肯顺从，便不管不顾大嚷。村里人听着动静，三三两两前去探个究竟，一见这阵势也给吓坏了。一面团团围了衙役，又叫了个小的去把大堂里管事儿的老爷子叫来。听那衙役说邹六趁夜色摸进衙门后堂，拿着把刀杀了县令一家人，七嘴八舌就炸开了锅。这厢老爷子也到了，一听此话竟起了火，道那衙役欺人太甚。几个衙役见这阵仗，心里头就先泄了几分。再听那村里人你一言我一语说个没完，无非是那邹六接连三天昼夜不分跪在这大柳树下老井边哭他亲爹，哭得肝肠寸断，谁劝都不听，哪里分出的身去杀县令老爷？衙役见他们不似作伪，也没了底气，赔着笑脸道："莫伤和气。"遂将邹六放开。一行人原路回去了。

这厢闹了半晌,邹六也算是明白过来了。原来是那白眼鬼,本指望要了邹六的两魄好去再过过人日子。那恶怒却一下子没了束缚,引着那倒霉催的就上了衙门去,几刀结果了那一家子性命。再说那青面鬼,要走了哀惧,倒是白白给邹六当了个替罪羊,在那老井边哭了三天三夜。

甫一思量出个所以然,这邹六不免有些啼笑皆非。想来自己将那六魄借出三日,倒阴差阳错给邹大还了命债,也不枉一桩美事。便作别父老,自行回屋去,到那灶边寻了几瓣馊馍馍,就着瓢凉水草草吞咽下肚,又将屋子清扫一番。却说当日入夜,邹六心里头记挂着三日未见的十三娘娘,早早拾掇了被褥欲上床休憩,门板叫人"啪啪"拍响了。开门竟是对门那寡妇邹李氏,不似平日打扮,披了红纱,前襟敞个缝儿,露着白花花的胸脯。再看那双丹凤眼满是盈盈春波,口上抿了胭脂,好一副娇艳欲滴之姿。邹六心下一惊,暗道非礼勿视,忙不迭低头唤婶子。那寡妇倒不故作娇衿,细眉一拧,嗔怪道:"小冤家,半日未见便装作不识得奴家啦。"言罢自顾自进了屋,又笑道,"这两日村头吵嚷,使你去看个究竟你不肯,妇道人家又出不得门,倒害你我次次未能尽兴。今日好歹悄没声儿了,便自来寻你。"

这三日竟凭空冒出此等艳福,邹六只觉那天上轰然降下一口大钟,直砸得自己头昏目眩,两耳嗡嗡作响。那厢邹李氏又把一物什放上了桌,邹六讷讷道:"婶子,此物是甚?"那寡妇软声道:"早些年你不识得喜鹊,曾说与奴家。今日倒好,这呆鸟儿落在奴家窗棂叫个没完,便捉来予你。"

言罢,一掀花布,只见一只黑鸟在竹笼中蹦蹦跳跳,叽叽喳喳。

再往后说,不过个把月,那愣头小子便办了喜事,把对门的寡妇讨来做了婆娘。花烛夜二人正颠鸾倒凤,忽地一声惊雷,劈裂了村后十三娘娘像。后来人说起这事儿,都道这世间因果绝妙。这邹六诚心供奉那喜鹊精,喜鹊以肉体煨汤养他三日是一报;其父死于村民风言,村民之言救其一命是一报;千金抛夫弃子害了邹大,县令一家成了刀下亡魂又是一报;再说那邹李氏,好心养活邹六,却不想竟平白得了个好归宿,也算一段善缘。

更遑论那十三娘娘借着邹李氏的皮相夜夜与那后生梦中相会,便早已是姻缘天定,红绳暗结了。

至此,因果轮回,福报相当,这段段恩情也算终了了。

猪开始叫

孔霄卿

西龙乡葛石镇东头是张全家的养猪场,离镇子有半里地,中间隔了条河。他家养猪场刚办没两年,猪圈一长排,在河边对着镇子虎视眈眈。每天都有粪便从猪圈下的窟窿掉出来,堆在河滩上,赶上一场雨,就全被冲进河里。

我家在镇子最边上,挨着河,妈图方便,总去河边上洗菜。自打张家办了养猪场以后,她就不去了,嫌脏。爸还是照旧到河边钓鱼,一钓就是半天,偶尔能钓上来一条,更多时候钓上来的是白菜帮子和花花绿绿的塑料袋。他不在意这个,说钓鱼就是图个乐子,偶有的那几条鱼被他提回家来,刮了鳞扔瓦罐里,再添一筐子菜,切片的胡萝卜、蒜苗、酸菜叶，全倒进冒着气泡的沸水里。末了洒上佐料，鲜嫩肥美。

张全家和我家隔河相望，但凡早上他出门上学，看见我爸提着小桶鱼竿往河边走，下午就一定在大巴上缠着我要上我家玩，再顺理成章留下来吃个晚饭。我俩是同班同学，小学在镇上的葛石完小上的，初中就一块儿考到了县一中，来回都得搭乡镇大巴。我们镇上就去了我和张全两个，我是头一名考进去的，他刚压线。开学报到那天，爸领着我去西龙车站休息厅找了刘老六。刘老六也是葛石人，开乡镇大巴的，排班正好赶上我上下学。爸跟他谈好价钱，一个月给他五十块钱，半年结一次。张全沾了我的光，每天跟在我后头白搭顺风车。他爸挺不好意思的，想给我爸钱，我爸不要，他爸就更不好意思了，揣着钱出我家院门时跟我爸说，以后逢年过节的给娃留个猪头，不要你钱。

妈挺高兴的，觉得爸这回算干了正事儿。西龙乡供奉的是天蓬，全县人都不吃猪肉，每逢年关还得在天蓬牌位前摆上个猪头祭拜。张全家养的猪都是他爸开着货车送到邻县屠宰厂卖掉的，关系好的跟他打声招呼，他就给便宜价留下个猪头。镇上跟他家说不上话的、不对眼的就得自己骑着三轮上别的县里买去，还贵，不划算。

妈一高兴了，对张全也亲，路上见了张全妈，就拉着手，说张全是她半个亲儿子。我跟张全关系也铁，我俩初二那年拜了把子，他比我大仨月，他就是我半个亲哥，他说想吃饭堂的辣子炒肉，我绝不打笋干小排。张全也罩我，他长得人高马大的，我们级部没人敢招惹他，也就没人来招惹我。就是他成绩不争气，进一中是吊车尾，就这么一路吊到了初三。我们级部主任管张全这种人叫"二流子"，一个级部九百来人，有三四十个二流子，就是回回垫底的那帮人。一中抓成绩抓得紧，放假也晚，老师都暗地里铆着劲跟四中比，每年哪个学校送到省重点的人多，哪个分到的教学奖金就多。

腊月廿三那天是初三级部年前最后一天课，张全跟我搭车上学。一上车他就跟我挤眉弄眼，说他爸今天要送猪去邻县，叫我跟他偷偷去看杀猪的。我不愿意，嫌他耽误我复习，张全又劝我，说，你少学一天也没事儿，这回不去看，等以后你考到省里去就看不着了。

去省城的车是列火车，身子比乡镇大巴长，载的人多，可跑得也快。这是张全怎么也追不上的一辆车了，可他本也没打着要再与我共挤一张车票的主意。张全要留下守着他家那排长长的猪圈，他夜里习惯了听着猪叫入睡。上完初二那年暑假，张全叫上我和他一块儿去找他温州打工的叔。他叫我是为了壮胆，买了两张硬座，没让我花钱。去温州的火车上，张全在硬座上扭来扭去，嘟囔半天，两只脚搭在我腿上，才勉强睡过去。第二天早上过检票口排队时，他跟我说，火车坐着真难受，妈的，座位还没咱那儿的大巴软和。旁边有个老太，抱着个小孩，小孩正咧着嘴干嚎，嘴边滴下来一串口水。老太看了张全一眼，张全又说，夜里不听着猪叫唤都睡不着觉了。

我说车厢里不少人打呼，跟猪叫一样。张全没说话，迎着老太的眼看那小孩。队伍总算松垮些往前挪起来时，张全收回眼，从兜里掏出火车票，攥在手里往前面的人堆里挤了两下，说，那咋一样。

张全那年叛逆期，天天被他爸打得嗷嗷叫。我在屋里听见声，拉开窗帘，准能看见张全从他家屋后跑出来，后头还跟着他爸，手里举着东西追。有时候他在镇上晃悠几圈就回家，真惹狠了他爸，他就上熟食铺提一兜子腌鸡爪，来我家串门儿。北方的屋都是平房，我和张全就蹲在屋顶上啃鸡爪，啃完的骨头堆一块儿，拣两根细的剔剔牙，就一个接一个地抡圆了胳膊往河里扔。在我家屋顶能看见张全家的猪圈，旁边一个灯火通明的屋子，跟那排猪圈比起来小得可怜，就是张全的家。有个冬天晚上，我和张全鸡爪没啃完一半，就飘飘洒洒下起雪来了。开始雪只小片小片稀稀拉拉地往下落，我们坚持又一人啃完了一个鸡爪后，雪已经下得铺天盖地，连河对岸的灯光都变得模糊。张全小声骂了一句，戴上帽子就跑。我到房间找了个矿灯，爬回屋顶给他照着路。矿灯很亮，照得也远，光束一直打到桥头。张全跑上桥，冲我挥了挥手，我把灯一关，他就彻底陷进黑夜里去了。桥上方的雪花映着河水的光，从我这儿看过去，就像是一堵发亮的墙，而张全直直地撞进了墙里。四周出奇的安静，被张全惊扰的狗叫声也渐渐平复，只剩一片空茫茫的白，河对岸飘来的猪叫声在此刻显得无比清亮。我提起那兜鸡爪，扶着墙慢慢爬下屋顶。

日头当空,我和张全从一中后门溜了。我本想放学后再去,张全怕赶不上回来的县公交,非拉着我中午就走。我们就趁人群乌泱泱往饭堂涌的空当,把操场后围墙一个堆满柴火板子的小门扒出来,下了门闩,一前一后出去了。学校没有专门把后门砌死,也不上锁,三五成群逃课出去玩的那些人,学校本来就不管他们。我们在平时等大巴的小馆子那儿乘上了县公交,摇摇晃晃地跟着车一同跑远了。

张全把我叫醒时,我正梦见自己变成了一头猪,被绑在架子上烤,一群饿鬼围着我吵吵嚷嚷,迫不及待要吃我。那时车开到了廊乡菜场站,上来了十几个老头老太太,坐满了我周围的空位,热烈地讨论着各自的午饭。我俩在另一伙人的包围下不敢大声讲话,张全戳我胳膊,压着嗓子,说下站就到。我张张嘴,点头,他又指着我的脸笑。我一摸脸,让太阳烤了一路,烫得吓人。腮边那块肉一碰还有些疼,估计晚上得掉皮。我赶紧从车窗旁挪开,扶着扶手站到后门等着到站。后门窗玻璃上很脏,有飞虫撞在上面的尸体,多了就成了一块一块的脏污。左上角玻璃破了个口,透明胶耷拉着,风从口子里钻进来，扑到我脸上。冬天的中午再热，风都是冷的。车开到一家水果店前，有个穿绿棉袄的女人招了招手，车就靠边停下了。开车的扯着嗓子嚷嚷："下站下车的就在这儿下啊！等会儿不停了！"张全赶紧从座位上蹦起来，推着我下了车。

那屠宰厂严格意义上并不能称作是一个"厂"，只是个偏僻的小院子，在县城边缘。张全领着我从一片庄稼地里过去，泥巴路七扭八歪，边上也没有人住，到后来张全都找不清方向了。好在他隔了大老远发现了他爸那辆蓝色的小货车，我们也不沿着路走了，钻进地里，扒开层层叠叠的玉米棒子往车那儿走。抵达时正值午后，烈日毒辣的热意还未完全消散，我和张全站在院子外，扒着门框向内窥探。张全他爸和一个男人站在院中央一棵老树底下，十几个人热闹地围在他们身边，站得歪歪斜斜，参差不齐。人群之外有口大锅，热水夹在当空日头与干柴烈火中，"咕噜咕噜"焦灼地烧着。我透过人群看见一坨白花花的东西被走来的几个汉子抬在手里，不停抽动挣扎。为首的是个精瘦的小个子，两手环抱着一只蹄子，那蹄子一副随时就要挣脱开的样子。我下意识地往后退了一步，一脚踩下台阶，差点儿栽倒。我赶紧扯了张全一把，稳住身子，他倒叫我吓了一跳，大叫一声。院子里有几个人循声看过来，又扭回了头。张全他爸也看到了我们，当即瞪圆了眼，往四周扫了一圈，大概是被人围着走不过来，就远远地用手指指我俩。我们赶紧又缩回院门后，只探出头往里看。那头猪已经被抬到一块厚木板边，几个人正摁着它的四肢，压住它扭动的肉。人群很安静，他们早已见惯了这濒死的畜生。他们开始对它评头论足，他们开起了玩笑，他们形容它——"这傻东西，吃得肥头大耳，肚子上肉却这么少。太奸猾了。"

七嘴八舌的窸窣声极大地抚慰了我的不安，我偏了偏头，正好让张全的后脑勺挡住树底下的动静。几分钟后，一阵尖利的叫声撕扯起我的耳膜。此前我从不知这憨厚懒惰的畜生竟能叫得如此卖力、投入，生死一线的力量驱使它发出抗议。猪叫声低弱下来时，我松开了扣紧门框的手，向院内瞄了一眼。

没有我脑海里满地的鲜血，没有我设想过的满地的断肢，甚至人们脸上都没有我假设的兴奋或是不忍。午后的小院中一派祥和，只有小院中央老树下的那一大坨白花花的肉体，在独自进行着最后的抽搐。我们没有马上离开，张全他爸叫我们进院里，让我们喊杀猪的那个人大爷，又领着张全和那人说了好一会儿话。我蹲在一旁的井边，看着几个人抱着水管往地上滋水。还有两个人在猪厚皮上勾进大铁钩子，一人抱着一个蹄子往上一举，把它们一只只倒挂在树上。猪的皮肉和四肢自然地下垂着，随风晃晃悠悠。

那天我没有浪费给那可怜者太多同情。日头西落时我乘上返程的公交，张全手里提了个被包裹得严严实实的东西。他爸本打算捎上我俩一块儿回去，可他那个小车头里塞不进我们两个，我们也不愿意坐进他拉猪的车厢里，他就给了我们一人两块钱，把我们送到了那家水果店门口。临上车前他又嘱咐张全，让他别提着提着就忘了把东西给我，张全满口答应着，跟我一起钻到最后一排坐下，把手里那个滚圆的麻布袋子放在地上。那袋子是褐色的，最底下一块颜色很深，像是被浸湿了。我知道那其中是一张安详沉睡的面孔——就像车内一个个坐在破了皮的脏椅子上，张着嘴打着鼾的睡着的人们。

那鼾声让我想起了此前无数个夜晚我和张全蹲在我家房顶上相对无言时，河对岸飘来的猪叫声。我不知道他们之中的谁是混上了车的小猪，可我忽然生出了一股急迫感。我觉得我似乎是要做些什么切实的事情，向一些与我同样心存怀疑的人证明我绝不是那愚蠢的赴死者中的一员。我从我的书包里掏出《巅峰训练》，睁大眼一页一页翻，翻得哗啦作响。车厢除此之外一片死寂。

车开到一中旁边的小馆子时我叫醒了张全，他迷迷糊糊跟着我下车，又跟着我上了通乡镇的大巴。开车的不认识我们，要收钱，可我俩身无分文。张全这会儿彻底清醒了，跟开车的说，你认不认识上一班的刘老六，四点的那个，我们给过他钱了，你回头跟他要就行。那人也没多难为我们，就让我们坐下了。葛石离县城不远，车停了两次后就到了。还没下车，我就看见我爸正抽着烟站在超市前。天已经黑透了，超市门口的灯牌也红红绿绿地亮起来了。他见我们下车，先是一人给了一脑瓜，又把烟扔地上碾了两脚，接过张全手里的猪头，笑着说，你爸给我打电话了，我来迎迎你们。今儿晚上上叔家吃饭。

那天回家路上，爸拐进超市买了几朵大红的塑料花。他将这几朵红花插进了那颗滚圆头颅的耳内，鼻腔里，甚至还让它在口中含了一抹——这可怜的畜生保全了最后的体面，甚至比起生前还颇有些风光。它躺在一个瓷盘上，继续它头身分家后的美梦，身后是它老祖宗的牌位。在它身侧的盘子上是一条栩栩如生的死鱼，鳞片还泛着生前游水时的波光。

一般来说这光泽会在它被扔进瓦罐内熬成鲜香的浓汤时才会黯淡。可光泽能被佐料和开水熬掉，被皮肉包裹着的鱼骨却仅不过是稍有软化。我曾听乡里老人说，汤里熬过的鱼骨头是要游回海底的，要是吃了下去，它就会划破你的肚皮，带着黏稠的五脏六腑飞走。我自然知晓这不过是用来警告小孩子不要马马虎虎误吞鱼刺的俗语，可我却更愿意相信它。这听起来有一些浪漫，还有一丝隐隐约约无法排解的悲哀被鱼骨带回大海。

我在张全喝鱼汤时提起这句话，彼时他正大声地吧唧嘴，吐出一根长而细的鱼刺。他对我的喜爱和憧憬感到不屑。

"就是块抽条的肉，"他说，"咱抽出来俩胳膊俩腿，人家抽出来的是一身骨头。"

言语间他被鱼刺卡了一下,有些恨恨地吐出一大口吐沫,骂了声,操!

那晚我躺在床上,想着一张安详的面孔和泛光的鳞片,悲哀和动容同时爬上了我的枕头。半梦半醒间我听到河对岸飘来的猪叫声,我又梦到一个冬季的雪夜,我同张全沿河散步。河滩上堆满粪便,河水还是很脏,却总归有鱼在里头游。

铁路沿线

俞生辉

七岁之前我去过最遥远的地方,是沿着铁路往南走二十里,一望无际的大海。那时候,我每天四点起床和母亲去码头找渔民收购昨夜新打捞的海货,再沿着铁路往回走十几里,那里有一处农贸市场,在那里叫卖一整天。

在为数不多的记忆里,我记得母亲总说,没别人有脑子就要多付出力气,她总拿我们走的十几里当例子说离海越远咱们赚得就越多。

那时候我们住在街道的背面,一间主要用彩钢板拼接又混杂着各种材料的几平米小屋,它有一扇朝东的小窗,我很少会从那看见日出。而在不远的三十米外就是铁轨，母亲听说火车上人的屎尿会飘到铁轨周边，在那里种菜特别容易，有一天她借来爬犁，靠近铁轨翻整出一块土地，又买了白菜种子，她说，吃不完的可以拿去卖钱。为了防止别人偷菜，专门用树枝和竹子做桩，用一条麻绳围一圈当篱。

没过多久，种子刚冒出芽，前一天晚上她刚对我说，不出一个月我们就能吃上自己种的菜了，第二天就来了一群铁路施工人员，他们说这对铁路的运行存在安全隐患。他们把围桩踢倒又搬来碎石子倾倒在菜地上，远远地望过去和其他的一切毫无差别。

自那以后，母亲整个人就像丢了魂一样，她一个人把死了将近一周的鱼就着三十五度的黄酒下饭，一个人对着煤油灯发呆。有一天深夜，我问她，妈，你怎么还不睡？她说，身子有点不舒服。我说，身子不舒服就去医院看看啊。

她没有听我的。过了几周后，她总说自己肚子疼。夜里除了长久以来潮湿的霉味，空气里开始弥漫一股腥涩的异味，一连好几天。

一天清晨，天蒙蒙亮，当我跟她背负着一筐海鱼沿着铁轨往市场走的时候,她每走一步都要大口大口地喘气,没过一里路,听见"咚"的一声,转头看见她倒在地上。我问,妈,你咋啦?她趴在地上,身体微曲,一动不动。我凑过去,她说鱼,把鱼捡回来。我用两只手抓住扑腾出的鱼,把背篓扶正,将鱼放回去。我说,妈,今儿别卖了,去看病吧。

于是那天我们坐上了一辆巴士,兜兜转转从清早走到正午,来到医院。医院里弥漫着一股难闻的药水味道,一切都是白色的,仿佛被高温融化了一样。蝉声从窗外传来的时候,母亲交完200元去做检查。我们坐在长廊的座椅上歇息。母亲这才想起去问结果什么出来,他们告诉她要等一周。

回去的路上我倚在母亲的肩膀上,汽车在夜里颠簸,我问母亲她怎么样了?她一言不发地望着窗外。皎洁的月光洒进车厢,朦胧月光里的母亲打开了一点窗,风从缝隙里钻进来,她看着我说,锐锐,照顾好自己。

年仅七岁的我无法理解那些话的含义,直到一周后我从医生的口中得知了一个名词,肿瘤。同时得知了三个形容词,阳性,恶性,晚期。一连串的数词解释了为何当火车呜呜经过时母亲会忍不住地流出泪水。例如：一个星期，两万元，四个月。

母亲在医院打了吊针，住了三天，我还记得那里三元一碗的晨粥，混着咸菜下肚，我异常满足甚至感到幸福。然而幸福是短暂的，幸福的戛然而止发生在第四日的清晨，母亲起了大早，她推醒我说，锐锐，咱们回家。

我说，为啥？妈你好了？

她说，没，没钱了，不治了。

我说，那行吧，那等六点半再走吧，卖粥的还没来。

她说，吃吃吃就知道吃。说完她把拎在手里的袋子放下，陪我等来了早粥，她没喝，我喝了一整碗，稀里哗啦地像是人生最后一次喝粥。直到我把碗底用舌头舔了个完全，才依依不舍地牵着母亲往外走。

回家后我们住了两月，开始的几天她还带我去卖鱼，后来她说累就再也没去，她只能每天到饭点下床去不远的菜场买些菜做饭。后来她说累得下不了床了，她把床底下的钱拿出来给我，让我去买。然而这之间的记忆，已经因太过遥远而变得十分模糊，我只记得那些日子里我特别怀念医院的粥，每当我路过安徽人开的早餐店的时候，总想着进去喝一碗，可每次回去母亲都要盘问我花了多少钱，买了多少菜，我不敢撒谎。

在那期间，街道办的人来过，铁路施工的人来过。我每天沿着铁路捡起石子又丢回去，其中施工的那群人里有个一脸横肉的男人，黑黝黝的看起来吓人，每次他看见我在铁轨上都要让我滚开点，而另外一个矮矮的男人会跑来给我糖吃，后来我知道了那个看起来吓人的男的叫黄金山，是工头，那个矮个子男人叫王明，是个普通工人。

虽然记忆已经模糊不清，但我还是记得那天母亲突然坐了起来，面色看起来好了许多。她让我把衣服脱下来，找来一些布，手脚麻利地在内侧把钱缝在衣服上并嘱咐我别把衣服弄丢了。我看她精神的样子就说，妈，你好了？那晚我靠着她睡，已经是秋天了，夜晚凉飕飕的，前半夜母亲身子特别暖和，她抱着我，我挨得特近，后半夜却把我给凉醒了。

我说，妈，你把我冷着了。她没醒，我想离她远点，她的手紧紧搂着我，我用力推她，她的身子硬得像墙。我逼着自己睡到了天亮，发现母亲还没醒。

我说，妈，天亮了，起床了。她没理我。我又说，妈，天亮了。她还没理我。我看着她的脸，我用手捏她脸，她却一点反应也没有。我从她的双手间钻了出去，穿着鞋跑到不远处的街道办，那里有一个男人，我对他说我妈病傻了，帮帮我。他跟着我回家，我看见他晃了晃我妈，捏着鼻子说，人死了。

他问我，你爸呢？

我说，不知道。

他问，那你家别的人呢？

我说，就我和我妈。

他又问，你家钱呢？

我不敢开口，他见状说，没钱怎么处理？我说在我衣服上，我把我衣服给他，他拆开了昨天缝起来的钱，他说，1000块？没别的了？我说没了，他说，火化就得八百，我拿一百给你留一百。说完他递给我一百，当时我心里就想去喝碗粥，因为我太饿了。但那个人不让我走，他让我待在家里。后来来了两个人他们把母亲用床席裹着出去，我跟着他们来到一处阴森森的地方，旁边是一条大河。他们把我母亲放到一张床架子上，我问他们这是哪？他们说是火葬场，在母亲被推进墙上那个黑洞之前我什么感受都没有。但她被推进那之后，突然间火焰汹涌，我不知道我是被吓着了还是想到了什么，开始哗哗地哭，直到母亲被推出来后我还在哭。那里的人看我可怜，帮我拣了骨灰。当我被告知我手里抱着的那个盒子就是我妈的时候，我才真正明白了什么是死亡。我想到再没人陪我睡觉了，我只有一个盒子了，泣不成声。

回到家后，街道办的男人又来了，他又问我，家里还有别人吗？但我相信他看得出来那几平的小屋里藏不下任何其他人。他说，那你现在是孤儿了，我给你登记一下。

我还记得那天晚上我抱着我妈的骨灰盒睡觉，从那以后我再也没怕过坟地，反而怕的是夜晚屋外任何的一声异响，比如野猫的嘶鸣，甚至是铁轨的碰撞声。

第二天，家里来了一群人，就是那帮自称铁路施工人员的人，站在门口的是那个矮矮的给我糖的男人，他进来坐在床边，他问我叫什么名字？我说，赵锐。他问我，家里还有没有别的人？我说，我妈死了，我把骨灰盒给他看。他说,那你以后跟我,当我儿子吧,以后我养你哒。我没回答他,我不知道突然变成别人儿子是好还是坏,我也不知道拥有一个父亲是什么感觉。屋外的一个人突然开口说,小子,你跟他只有享福,肯定比这好。那个矮矮的男人从口袋里摸出糖给我说,那你先跟我走哒,去单位吃早饭,把衣服拿上,我名字叫王明。

就这样,我离开了我从出生就已经居住的小屋,跟着王明还有几个人沿着铁路往我以前卖鱼相反的方向走。我们走了半小时,到了一处大桥,王明领着我从大桥旁边楼梯下去,进了一处院子,院子里有一栋五层楼,围一圈院墙,院里种着松树。王明告诉我,这就是他的单位,以后就是我的家。

后来我得知,王明是甘肃人,59年家里死得就剩他一人,他要饭一路走到了山西,后来坐火车来到了沿海,听人介绍来铁路上干,一干就是三十多年。今年已经快五十,结过一次婚,但因为没有生育能力,离了,一直想要个儿子,是听街道办的人说我妈死了,是孤儿,又和我见过几次,就想着把我当儿子。我一直奇怪他为什么说话喜欢加个"哒",原来是这个原因。

我记忆里最幸福的时候应该就是和王明在一起的时间,那时我刚七岁半。我们早上七点起床,中午我跟他去铁路上,看着他们敲打着铁轨或者拧螺丝,而我在远处重复着捡石子与扔石子的游戏。到晚上我和他都一身大汗,他带着我去澡堂洗澡,我最喜欢的事是王明拿毛巾搓我的身体。

有时我们会去远处的镇上吃夜宵,比如烧烤、凉皮或者凉面。和我们一起的是一个浙江人,他叫曹连军,是王明最好的朋友。在我眼里他也是一个好人,他不像黄金山一直骂我,凶狠地盯着我,还处处排挤我的存在,只要他在,他就不会让我和王明一起进食堂。而曹连军不一样,他和王明一样喜欢我,他时常说,要不是他已经有孩子了,不然就收养我了。

现如今想起那段时光,依然记得热气笼罩的澡堂与人声嘈杂的夜市,就像昨日一样。而我最遗憾的也许是我没喊过王明一声爸爸,我一直喊他王叔叔。一开始他会对我说,喊爸吧,叫大也可以。可我坚持喊叔叔,后来他习惯了再也没有提起。那时候他们是做六天,休息半天,每次他休息的时候都会带着我往街道办跑,他想把收养我的手续办下来,好让我去上学。他说我都八岁多了,该去读书了。可因为他没结婚,街道办的说这种手续很难办,上面抠得很紧。

后来他直接带我去学校求校长,有一次休息他带我去买香烟,买了一整条。他又带我去学校,他让我站在门口别进来,但我听见他跟那个戴着黑框眼镜的男人说,通融通融。一片沉默后他出来拉着我走进一间教室,他对我说,在这里听老师话,晚上就来接我。我点了点头,他就离开了,后来我听同学说外头有个男人摸着墙在哭,我不清楚是不是他。

我在龙潭小学一读就是两年,一开始王明来接我,后来我说我认得路,我一放学就沿着铁轨往落日相反的方向走,到那座桥从旁边下来就是大院。虽然我学习不怎么样,但王明从来没说过我,我的好朋友马小军不及格回家被打得凳子都坐不稳,他还给我看他青一块紫一块的小腿,我说你太惨了,我就没被打过。

在我的记忆里,王明只打过我一次。我用施工队的剪刀把院里的松树剃了个光头,王明看到后扒开我的裤子一个劲打我屁股,我疼得乱叫说我不敢了。他把我放开，我立马跑出了院子，大半夜我沿着铁轨跑，王明他腿不好，走起路来一瘸一拐的，但不影响工作。他追不上我就在后面喊我名字，后来我跑累了，听不见他的声音了，周遭黑漆漆的让我害怕，我掉头跑回去，见着王明，他一把抱住我。自那之后，他再也没有打过我。

我记得那年冬天，我十岁，单位多了笔公款给工人去旅游，于是大家组织去西湖看看，王明要带我去，那个一脸横肉的黄金山说我不在预算里，王明只好自掏了三百块钱。

那天是周六，工人开着出工的那辆黄色卡车，前面像公交后头像皮卡，能坐十几个，于是那天一车人早上出发，开到了中午。王明牵着我走在堤岸上，他跟我讲电视剧里许仙还有白娘子的故事，他说法海不是个好东西，他跟我说了很多，但后来我困了，他只好背着我走。但那天我却特别快乐，我没觉得西湖多漂亮，出发前曹连军跟我说那是人间天堂，反而我觉得西湖旁卖的软糕还挺好吃，只因为这个我记住了那次旅行。

回去的路上，月亮圆圆的，月光洒进来，王明开了点窗，风从外面吹进来的时候，我忽然想起三年前的那个夏日夜晚，我想到了母亲，我开始哭，王明问我为啥哭，我说我和我妈也坐过小汽车也看过月亮，哭着哭着我累了就睡着了。

一转眼，学校放假了，王明却越来越忙，因为春运的缘故，我整天待在院子里和自己玩游戏。有一天曹连军从院门口喘着气来找我，他看见我就拉着我走，我问他，叔，怎么了？他看着我，直掉眼泪。

后来通过别人的描述，我才得知那天发生的事情。王明在铁道一侧，而施工队在另外一边，王明想过去，当时远处已经过来了一辆火车，别人在前面说让他待会过来，王明说没事的。我想象他拖着不利索的腿，憋足了一口气，一瘸一拐地走过去，就在过铁轨的时候，一只腿卡住了，他用手去拉，无济于事。别人发现了异样准备过去，然而火车比他们想象的来得要快，王明曾经和我说，贴着铁轨可以听见五里远，你能看见的时候也就半分钟。

曹连军带我去找王明，他对我说，不一定找得到，如果找得到的话，你要做好心理准备。我们沿着铁路向着落日的方向走过去，经过一大片的芦苇荡，沿岸的树木因为冬天来临的原因，变得光秃秃的毫无生机。曹连军突然捂着我的眼睛，我问他，找到啦？我说，没事的，让我看看爸爸。我看见那条腿高高悬挂在枝干上，像柳絮在风中飘摇般残落，曹连军跳起来正好够得着，我把那条腿揣进怀里，那条腿的脚上还有他的一只鞋，那是我们唯一的收获。

王明的骨灰盒很轻，我却不知道为什么抱不动，是曹连军抱着它回来的，而我抱着它睡觉，大冬天，冷得我出奇，往往眼泪没掉下已经快结成了渣。那天，黄金山问我，收养手续办好了吗？我说，没有。后来我才知道，王明的死上头要给几十万，但王明无亲无故就变成了公款，听说黄金山扣了一部分，后来他给了我一千，让我滚蛋。

王明火化后的第二天，他的宿舍来了一大帮子的人，都是施工队的，他们说我惨啊，妈死了，爹死了，又没人管了。他们离开后，我发现王明的毛巾、杯子，就连牙刷都不见了。

离开的前夜，曹连军带我去吃烧烤，他说孤儿院也不错，以后长大了记得回来看看。我说，会的。

第二天，来了一个同样戴黑框、看起来温和的老年人，他说他是龙潭孤儿院的院长。他领着我坐公交，兜兜转转了半天，来到一处墙壁爬满爬山虎的地方。我在那里遇见了很多孩子，我一开始感到很开心，有人陪我聊天，还不用上课。后来发现，那个看起来温文尔雅的老年人，使起来皮带却很凶狠，只要你不听话他就拿皮带抽人。我被打过两次，第二次被打得一周下不了床，当我身体好了后我开始寻思怎么离开，我觉得我迟早要被打死在这里。有一次我趁着打饭的女人不注意的时候翻墙，但被别的孩子看见了，他们问我在干吗，叫得很大声，我恨不得想揍他们，我说，我想看看那边是什么。然后从墙上爬了下来。

后来是一次深夜，那时候是夏天，晚上只能开窗通风，我半夜醒来看见月亮在天上，想到我曾经两次类似这样子端详月亮。这次我没再犯困，我观察四周发现所有人都熟睡了。我穿上鞋子，披上那件我妈缝过钱的衣服，那件衣服同样缝着王明死后黄金山给我的1000块，仅一个动作我就从窗户翻出，可以看见围墙在黑夜里变成了漆黑的巨兽，我兴奋地朝围墙跑去，同时又不发出任何一点声响,我抓住一根爬山虎,然后再抓住另外一根,我踩着一根爬山虎,再踩另外一根,接着一跃而出。

我不知道这是哪里,我朝着月亮的方向走,接着我听见火车的声音,于是我随着声音走,看见了一条铁轨,那是半年后我再次见到铁路,是那么熟悉,于是我沿着月光落下的方向走,走到天亮也不知道自己在哪。后来经过一辆黑色运煤的火车开得很慢,那个司机问我,去哪?我说,我也不知道。他说,带你一程。我说,好啊。

我沿着铁路生活了十年,却是第一次搭乘火车,我对车厢里的一切与沿途的风景感到既陌生又熟悉,夹杂着兴奋与劫后重生的欣喜。跟着司机跑了五天,沿途我第一次进火车站,第一次吃泡面,第一次离家几百公里,我只记得我做了好多第一次。后来,司机说,到宝鸡了,你该下去了。我问宝鸡是什么?他说,宝鸡就是宝鸡。

我以为宝鸡是一只大公鸡,后来发现我不过是从一个荒郊野岭到了另外一个荒郊野岭。这里的夏天热得人嘴唇发干。

下车后我离开火车站,去街上溜达。我扯开一点点的衣服,拿了一百块出来,我找到一家早餐店说,我要碗粥。那碗粥和我想象中的不一样，更像是不同谷物杂粮汇成的而非单纯的稻米，即使干喝也同样甘甜。那时候，我没有身份证，没有身份证就没有人会要你，所以我白天去找地吃饭，晚上就着铁轨旁的一个小棚睡觉，那个小棚在一处斜坡与居民楼之间，有两块彩钢板可以挡雨。我从街上旅馆旁边的垃圾筒里翻了条被子。那时候是夏天，晚上也热得慌，被子显然只是个多余品，但却给了我很大的安全感。

我记得我认识小龙的时候是一天大早，我把头闷在被子里睡觉，有人扯开了它，我迷糊之间看见一个头发像鸡窝的男人，至少十五六岁，他问我，兄弟，挨个人？我说，你谁？他说，反正都是这儿的人，我看你这棚不小，不差这地吧？

当时我太困了，也记不清说了些什么，我只记得那人趴在旁边睡了起来。我醒来的时候，看见他在用树枝捣鼓自己头发，我问他，你叫啥？他说，你叫我小龙吧。你叫啥？我说，锐子。他说，那以后我就住你这了。

那个叫小龙的看着我说，我也不是白睡，以后跟我吃饭就好了。我估摸着我没剩多少钱了，以后吃饭是大问题，能有个带我吃饭的也还不错。

后来我才知道他所谓的带我吃饭，只不过是带我去废品站一起偷铁，趁管理的人不注意，把别人卖过来的铁墩子揣兜里，再找收废品的卖了，卖一个就能攒三四天的饭钱。当然这不是唯一的途径，我们还沿着铁路拣空瓶子捡废报纸废书，我记得有次在宝鸡市外七八里的铁路上，小龙捡到了一百块，他一开始不相信，他把我喊过去，说，这他娘是不是假钱？我说给我看看。他没给我，我说花了不就知道了？于是我们去饭店里喊了碗大肠面，我还记得收钱的女人把一百找回九十，小龙那煤球似的脸上硬是挤出八颗大黄牙的笑容。

当然我们没有一直这么幸运，偷铁卖铁是有风险的，铁墩子并不是没有特点，收铁的人用手摸一把，眯着眼观察那块铁，他说他要进去和别的铁对比看看，于是我和小龙在外头等。接下来我们看见那人拿出一根铁棍，足有两根手指粗，一米长，他说，这回把你们逮着了吧？我和小龙撒腿就跑，我那时十一岁，跑得再快也跑不过小龙，跑得再快也跑不过那个成年男人，眼看着我要被捉住了，小龙突然掉头来拉我，我喊他快跑，他不跑，他抓了一把沙子朝那人脸上洒去，然后他被那个人抓住了，我想去救他但我没办法，当时我心里特别害怕，不知所措。小龙朝我大喊，快跑，快跑。于是我头也不回地扎进铁轨旁的树林里。

那晚我以为他回不来了，但我始终抱有一丝侥幸，我在棚里生了一堆火，夜半的时候远处传来脚步声，我试探性地问，小龙？没人回答。直到他走近，火光打在他脸上，我才看见小龙额上的伤口，我兴奋地跳起来抱住了他。那晚睡觉，他整个人在发抖。

第二天我从黄金山给我的那剩下的钱里拿了一百，还剩三百多。我去买了馍饼，去买了药，我还去玩具店买了小龙每次经过都说想偷出来的玩具枪，一百块很快就只剩下几块钱。我记得后来我给他涂药，我还记得他后来一直随身携带那把枪，他只有一盒bb弹，他习惯射在看得见的地方然后捡回来。而我也是从那以后，觉得小龙是个好人，至少对我是个好朋友。

那年临近春节的时候，我们遇到了几件大事。有一次我穿着缝了钱的衣服走过一家厂区，里面门卫室出来一个男人，是保安。他一口断定说我刚偷完东西，没等我解释他就一把揪住我搜我身,正巧摸到了那鼓起来的缝了钱地方。他一把扯下我的衣服,把里面的两百多全拿走,我说,这是我的钱。他盯着我说,你们要饭的哪来这么多钱?说完他把衣服丢给我,扬长而出。

我回去跟小龙讲了这事,他说那保安就是这样,遇见我们这样打扮的铁定上来欺负人。可我关心的不是这个,而是我们没钱了。于是那天我们沿着铁路捡瓶子,人一倒霉就会接二连三地倒霉,捡了一下午就捡到了三个空瓶。我们只好去翻居民区后的垃圾桶,运气还不错,翻到了半包用塑料袋包起来被扔了的挂面,我们架起捡来的铁锅煮了,用树枝当筷子吃了一顿。小龙说,今天是他生日。我说,还陪寿星吃了顿长寿面,值了。说完我们都笑了起来。

第二天来了一个男人,满脸胡子,但他穿得挺整洁,不像是铁路上的人。他手里拿了台我和小龙在超市的柜台上看见过的DVD机,他说他姓杜,但没说全名。他说他在拍视频,他想拍我们,他说不是免费的,可以给我们钱,不过得等他走后再给我们,而我们只要和往常一样就好。我和小龙盘算,没觉得多亏,带着他走走铁轨,翻翻垃圾堆就能拿钱，于是就答应了他。

一开始我们有些不习惯有台摄影机整天对着我们，那人说，别把这机子当东西，就当是空气，要真实，我需要真实。后来我和小龙肚子饿了，也没把那玩意当回事，我们去翻垃圾桶，翻到了半盒饭店丢的炒饭，我尝了感觉没坏，小龙说他饿坏了于是我就给了他。饭店的老板找我帮他洗菜，小龙则跟着那个姓杜的不知道去了哪，等我回来小龙在棚里等我，另外那个人已经不在了，饭店老板给了我两苹果，我分给了小龙一个。

第二天是除夕，那姓杜的大早上又来了，我以为他又要带小龙去什么地方，谁知道他说，锐子你跟我来，于是我跟他走，走到铁轨一处有块大石头，我坐在上面。姓杜的问，能跟我说说你为啥来这不？我说，没为啥，没妈没爹了。

他问我，是哪里人？

我说，新疆的。

他说，你看起来可不像新疆人。

我说，你看起来也不像本地人。

他笑了，他又问，你今年几岁？

我说，十六了。

他说，你看起来长得慢了啊？他问我，你和小龙是怎么认识的？

我正要说，身后呜呜地传来火车声，驶过一辆绿皮车，冒着烟，哐当哐当的很燥，我没开口说话，倒那姓杜的右手拿着DV机变换着角度。

那天除夕，大年夜，小龙突然说他不舒服，说他肚子疼，我去饭店找老板要了半只客人没吃的鸡，小龙捂着肚子说不想吃。我思索他怎么了，我想到了那盒炒饭。但我更害怕的是，我们这样出来的人，被人打了，只要没伤筋断骨都不是大问题，但身体内部出了问题几乎就是等死。前半夜小龙说他冷，我把被子往他身上盖，又挨着他睡，我下意识地看了看天空，忽然想看看月亮，不知道为什么，只是一股似曾相识的感觉，我想到了我妈，想到了我爸，我再看身边的小龙，我开始害怕，从内心直冒出来混着北风凄凉的怕。

后半夜，小龙的脸直抽筋，一愣一愣的。我使劲安慰他，别死啊。我知道这样子安慰人并不好，但我害怕得说不出别的话了，他还硬着头皮跟我打趣说他死不了，但他说话却直哆嗦。我说,你撑到明天,我去求杜哥。

第二天一早,我跑到铁轨上等姓杜的,我看见他从铁轨西边走过来,我跑过去拉着他说,哥,我求求你了,给我点钱,救救小龙吧。他吃中毒了,人都要死了。那姓杜的也紧张,他跟我去找小龙。那是我第二次来到医院,那个眉毛都白了的老人说,没什么大碍,吃点药,拉几次就好了。我长舒一口气,不仅是为小龙死不了而庆幸,也是为我自己所亲近的人再也没有突然死去而庆幸。许多年后我分析那之间的区别,我想到除夕那夜,我没看到银色月光。

小龙吃药那期间,我出去捡瓶子,去路上找人讨钱,因为刚过春节的原因,一毛五毛的要了不少。我记得是初二那晚,我买了几个洋芋用火烤,烤的时候小龙裹着被子跟我说,锐子,我大概要回家了。我转头看他,他说,我没跟你说过我为啥出来吧?其实只是我后爸打我,我赌气就跑了出来,我家就在西安,我是乘小汽车来的宝鸡,我出来一年多了,我妈肯定想死我了。我低声哦了一声,我说,那好啊,那你啥时候走?你咋回去?他说,明天吧,明天去找警察,给我妈打个电话。

我突然意识到我和他终究不是一路人，他是有家不归的，而我却是无家可归的。

我记得是初四那天，一个女人来接他，她带着我们去饭店里吃饭，还给我们买了一身新衣服，那女人说我们的头发得剪剪，又带我们去理发。理完发出来，正好傍晚，那女人说是晚上七点半的火车。小龙让我送送他，我再次来到火车站，再次看见绿皮火车，但同以往十二年的岁月不同的是，我再见到铁轨的时候产生出了别样的情感。我站在月台上，小龙抱了我一下，那时候他比我高半个头，我问他，什么时候回来？他说有时间就回来吧。我问他，我们什么时候再见。他说，想我的时候就会再见。

而这一想就是近二十年，我曾经去西安打听过是否有人认识一位叫蒋小龙的人，可所有的声音都像石沉大海，我曾经多次幻想我们再见的场景，我会想起那些和他度过的时光，我一次次满怀期待地以为人生何处不相逢，最后发现我们已经见过了最后一面了，只是我不相信罢了。多年以后，我想他和那些因死亡离我而去的人，似乎没有什么区别。

小龙离开后,我回到棚里住了三天。第四天,来了一群穿着制服的人,说是检查市容,他们把我带进了收容所,不让我回铁路附近游荡。其中一个人问我叫什么,我如实回答,他问我家住哪。我说,龙潭。他问我,家里联系方式有吗?我说,妈死了,爹死了。他说,是孤儿啊。

第二天,来了一个中年女人,她对我说她是宝鸡孤儿院的院长。她看起来十分仁慈,但我曾经进过一次孤儿院,我不相信眼前这个人的外表,我躺在地上打滚说我不去。但最后我被两个人抬着跟着那女人走。

在宝鸡孤儿院,我待到十七岁。我发现那位院长真的如外表一样和蔼可亲。有一次,我打翻了院里孩子搭的积木城堡,我以为她要打我了,谁知道她只是抚摸我,让我和别的孩子一起重新组装。

她是一位好人,在我离开后第二年,她因病去世了,死的时候四十四岁。后来我总想,应该是老天不忍心这些好人在人间受这么多苦难了,就早些召他们回去了吧。

回到龙潭的那年我十八岁,我乘火车经过龙潭铁路局旁的大桥,我还记得那条河,也许还记得某一块我曾玩耍过的石子。我来到铁路局的院子，那棵被我剃了光头的松树已经长得很高了，而单位的人却已不是当初的那一批。我没见到曹连军，我甚至有些想念黄金山，但我都没见到。

我沿着铁轨往落日方向走，我想去看看我和我妈的那个小屋，但到了曾经翻整过菜地的地方，我只看见新修建的宾馆。后来听说在我离开后的第二年里，小屋就已经被当成违章建筑给推平了。

我有些难过，但不是想哭出来的那种，十八岁的我看着落日，铁轨上映印着我的身影，被无限拉长。我沿着来时的路走，朝太阳升起的方向，那天的凸月已经可以看见，而我身后，是终将落下的夕阳，和蜿蜒通向大海的铁路。

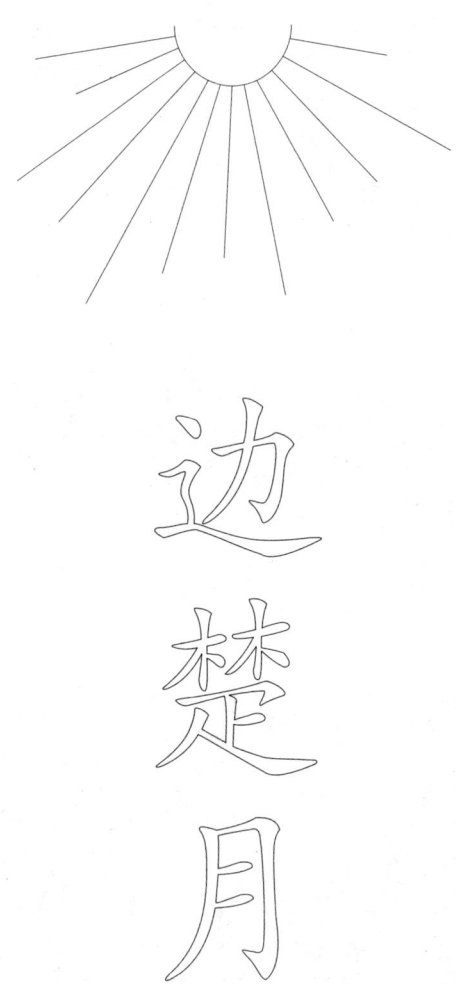

商邑翼翼，四方之极[1]

边楚月

商邑翼翼，四方之极。赫赫厥声，濯濯厥灵。寿考且宁，以保我后生。

——《商颂·殷武》

一 序与背景

《春秋》鲁僖公十七年[2]齐桓公去世，齐国发生诸公子争位之乱。宋襄公曾是齐桓公霸政最主要的盟友，桓

---

1 《宋楚泓之战》，节选自《左传》僖公二十一年至二十三年。本篇内容记述了春秋时期宋国同楚国争霸的历史。
2 公元前643年。

公生前将太子嘱托于他,于是宋襄公率诸侯平齐乱,立太子为齐国国君。这件事使宋襄公获得了威信,他开始谋求齐桓公去世以后留下的位置,出来主持诸侯事务……

宋襄公十二年[1]春天,宋襄公在宋国鹿上召开盟会,要求楚国让诸侯拥护他,国力更为强盛的楚国一口答应。当时目夷担任司马,于是劝谏宋襄公说:"小国争着主持盟会,这是祸患。"襄公不听,只是搪塞。

同年秋天,诸侯在盂地会见宋襄公并订盟约。司马目夷又说:"祸患大概就在这次吧?君主的欲望太强,怎么受得了呢?"果然在此次楚国捉住宋襄公,来讨伐宋国,国内议论纷纷,都说国君要把宋国的脸丢尽了。同年冬天,诸侯在亳地盟会,释放宋襄公。目夷却摇摇头叹气道:"祸患还未完结。"

公元前638年[2]夏天,襄公[3]为报复在盂地会盟所受

---

1 鲁僖公二十一年,公元前639年
2 公元前638年是中国传统纪年,是癸未年(羊年),是在公元元年以前,是周襄王十四年;鲁僖公二十二年;秦穆公二十二年;陈穆公十年。公元前638年在中国历史上是东周时期(春秋战国时期)。
3 宋襄公(? -前637年),子姓,名兹甫,宋桓公的儿子,宋成公的父亲,春秋时宋国国君,《史记》中记载宋襄公是春秋五霸之一。

的羞辱[1],大举发兵讨伐作为楚国盟友的郑国。目夷说："我的国君呀,祸乱就在这里。"同年秋天,楚国进攻宋国以救援郑国。宋襄公准备迎战楚军,备战之时,大司马固劝阻说:"上天丢弃我们商朝后代已经很久,您想复兴它,这是违背上天而不能受到赦免。绝不可与楚军交战。"宋襄公不听。

而一切恰恰如公子目夷[2]和公孙固[3]所料,楚军闻讯而动出兵救郑攻宋,宋军始料未及,回师急救,在泓水[4]之滨与楚国大军相遇。

---

1 公元前639年,宋襄公不听目夷劝谏,以小国身份召开诸侯盟会,结果遭楚国擒获,后得以释放回国。
2 宋目夷,子姓,宋氏,名目夷,字子鱼,春秋中前期宋国公族,宋桓公庶长子,殷微子的17世孙,故多称公子目夷,宋襄公庶兄,世人尊称其子鱼。襄公即位,目夷为相。兄弟二人"性仁爱"、"留贤德",行"东宫图治",宋国国力有所增强。目夷墓位于微山东峰,墓前立一石碑,乃宋神宗熙宁五年(1072年)徐州知州傅尧俞所立,正面阴刻有篆文:"宋贤目夷君墓"。《左传·僖公二十二年》辑有《子鱼论战》一文,后收入《古文观止》一书。
3 公孙固(?－前620年),子姓,名固,又称大司马固,是宋庄公的孙子,宋襄公的堂兄弟,宋国大司马。
4 古河流名,故道约在今河南省柘城县西北。

二 正文

0

"夫战不重伤,不擒二毛,寡人虽亡国之余,不鼓不成列"

——宋襄公

1

蓝天碧野,旗旆飘扬;长号向天,锣鼓声声。泓水边的风极大,目夷迎风而立,袖袍被吹得鼓鼓作响。江水中间的波涛急急地争涌上岸,岸边怪石嶙峋,浪花前赴后继地打在上面,反转溅出白色的泡沫,一下又一下,徒劳而无用。

襄公并肩站在他的身边,面色镇定地排兵布阵,来自宋君的指令被一点一点地逐级下传。来自宋国及盟国卫、曹、邾等的士大夫们,按照传自宗周的礼仪,遵循旧例摆开阵型。

"安营扎寨!"

宋军一员小将正问大司马:"不过河吗?"

"先放他们过河,等他们兵车到河一半时我们再打。半渡而击,方有可乘之机。"

泓水对面,烟水茫茫,楚国的大军,整齐形齐整井然有序地朝河边压过来。空气仿佛一根绷紧的弦,两边是一触即发的紧张。

"看来宋国又占先了!"楚国将领子玉[1]立于兵车之上气急败坏道。

"渡河!"子玉大纛一挥,长鞭彻空。千军万马涉水而前。

"可以了吗?"公孙固问道。

"再过来一点。"目夷注视着泓水对岸,隔着绵绵滚去的春江水,楚军的身影在茫茫雾气中飘忽不定。

"可以了吧?"

---

[1] 一作成得臣。春秋时楚国人。治军严,性刚愎。以伐陈有功,被子文荐为令尹。楚成王三十九年(前633)率军围宋。次年,晋出兵攻楚盟宋曹、卫以援宋。楚成王命撤围返,他拒命请战,被晋军大败于城濮(今山东鄄城西南)。旋受责自杀。
成得臣曾评价宋襄公道:"宋君好名无实,轻信篡谋。"

"再等等!"目夷缓慢而坚定地下令。

忽地目夷高喝一声,扬起马鞭,"击鼓——"

然而他身后响起的并不是震耳欲聋的鼓声,而是一片死寂。

他拔刀转身,疾行几步,咬牙切齿地问领头的鼓手,"为何不鼓!"

老鼓手手里拿着鼓棒,听他大喝一声,身上随之一抖,但还是紧紧握住了鼓棒,不敢应答,眼神望向国君的方向。

眼看楚军越来越近,带甲的步兵交替前行,声音越来越震耳。目夷心急如焚,顾不得许多,三步并作两步回到"宋"字大旗之下,襄公身披铠甲,正凝视着楚军过河。

"楚军半渡,正是我军进攻的好机会!"司马公孙固忍不住道。

"况且楚军面对着列好战阵的我军过河,这是瞧不起我军。轻敌是最大的弱点,也是我军出战的最佳时机。"目夷忍不住也沉声补充道。

"我们是堂堂之师,怎么能够攻击正在渡河的半渡之兵！"

"要是等楚军都过来，我们全军覆没又该怎么办？"

下面副官喊道，"大司马！为何还不出击？难道等人布好了阵，我们自己挨打吗？"

目夷深深低下了头，握紧双拳，"臣请允许立即擂鼓进攻！此时进攻，楚军必乱，我军尚有取胜之希望，若再迟疑就全都完了！"

襄公一手叉腰，一手扶宝剑，一时不做答。

目夷眼看着楚国的军队已渡河近四分之三，再也忍不住，"国君您若不反对，臣就要斗胆指挥了。"说着调转头向楚国阵列方向，手握宝刀欲向前。

襄公立即暴喝一声，甚至面目有些狰狞："子鱼[1]，你为贪一击之利，竟不顾我万世之仁义！"

2

目夷如受棒喝头顶嗡鸣作响，眼看着楚军最先头的

1　目夷，也称子鱼。

部队已然四散开来,如蜂蚁般登上岸边。先是一个人,然后便是千万人,一个个小黑点从河那边终于还是到这边来了。楚军将士们身上的武器反射着日光,苍白耀眼,像压抑不住的锐气和杀意。

"速速登岸,排布起阵来!"楚国将领刺耳的命令声似乎也已传到了耳旁。

目夷心如火烧。"国君,他们现在还未布好阵,不如趁此乱出击,杀他个措手不及!楚军数倍于我,等其排兵布阵完毕,恐怕早已为时未晚!"

宋襄公额上微冒一滴汗,手一挥,头也不回大喊一声,"寡人就是要堂堂正正的战胜对方!对方还未列好阵便出击,这不是君子所为!把我'仁义'大旗拿来。"

"兹甫[1]!你——"

宋君的三名亲卫小将身着红衣,协力抗来金线布面大旗一杆,上书"仁义"两个大字,在阳光之下竟反射出乌黑流金的光。接着他们把这面大旗就缚立在宋君的

---

1 宋襄公名。

战车之后。

襄公立于战车之上,面着已然列好冲锋阵、如狼似虎般扑向前来的楚军,大喊:"寡人今天宁可为仁义,战死疆场!"

身后的宋军立刻爆发出山呼海啸般的吼声"仁义,仁义,仁义!"

"冲——"国君一身令下,亲自驾车在前。车两翼分别是仁义大旗和宋国军旗,竟跑得那样得快,让最先头排的步兵和战车都一时之间竟有些赶不上。

司马目夷和瞠目结舌的军士被国君的战车抛在身后,眼看着国君进曜跟楚军的先头部队交战在一块,大司马公孙固急忙大喝一声:

"稳住阵脚,后退!来人跟我去救国君!"

等公孙固集结部队撕开楚军的獠牙般的大口冲到宋襄公旁边的时候,宋襄公已身陷几个士兵的围攻,几个可怜的卫兵贴身护着国君,以血肉之躯,艰难支撑着四面八方来的围攻。宋襄公,尽管大腿后已经中了一箭,倒是依然站立在车上,哽着一口气,不愿意趴伏下来。

"仁义"大旗也早早被折断了,两边的战士一时无暇顾及,他们已经将这面旗踏在脚下。

大司马公孙固左劈右杀,近到国君身边,急忙扶国君上马,而国君却死死抓着自己的战车不愿意走,眼睛牢牢地盯着不远处被踏在地上的"仁义"大旗。嘴里不住地念道"旗子,旗子……"但已经没有一开始迎面与楚国大军拼杀时的意气风发了。

然后他被自己的军士架着,眼睁睁地看着"仁义"大旗就这样被最不讲仁义的楚人夺去了。

3

何以面对国人?何以面对列祖列宗?何以面对身旁的臣子将士?军甲零落的宋襄公已经无力去想这些,他只是在颠簸的战马上喃喃道,"固啊,可能你与目夷都是对的……"

他此刻股间汩汩流血,但他全然不觉,浑浊的双目似是凝视着远处的泓水,又似什么也没有纳入眼底,他停了一会儿又说,"可寡人又怎么错了?古书上说,君子之战要以仁义为本啊。不能攻击在渡河的半渡之兵，对受伤的敌人不要穷追不舍，要善待上年纪的战俘，要……"襄公低着头，竟是一副将哭不哭的样子。

"古时候指挥战斗，是不凭借地势险要的。我虽然是已经亡了国的商朝的后代，怎么能去进攻没有摆好阵势的敌人。仁义古训如此，寡人……寡人要怎么……"

宋国司马目夷坐在国君的战车旁垂下头，忽然回忆起了过去。

彼时还是年少，他与他的国君襄公兹甫尚且都是不谙军政的孩童。

兹甫是个非常好的弟弟。

仁义，孝顺，忠悌，笑起来的时候优雅漂亮，有一双温和而闪亮的眼睛。

目夷非常爱这双眼，桓公共有七个孩子，但是自年幼起，目夷就知道，兹甫与所有的人都不一样。这不仅仅是因为兹甫是宋桓夫人的独子，是生来就要当太子的人，还因为其他，某些为兹甫独有的特质。

目夷想，他与兹甫，大概是桓公最喜欢的两个儿子。

如今的司马目夷像桓公，起码从做事手段上像，他与桓公一样,都并不是特别相信某种理念的人,仁义,道德,那位宗周先贤制定下来的礼制,出于自身的利益,目夷不反对它,但也仅是"用"罢了。

如今的司马目夷,顺应规则,维护规则,却从不相信规则。

而作为桓公的嫡子,兹甫自幼生长在宋桓夫人的身旁。

宋桓夫人是个很好的女人,目夷想,只是她有个很有名的母亲。来自卫国的女子并不像传闻中恶意所显现的那样,恰恰相反,她端庄高贵,温柔贤淑,就像集中了所有美德,并且她将这些美德传给了自己儿子。

襄公兹甫继承了母亲的品质。

相信,并且遵守这个世界的规则。

兹甫近乎执着地信奉着来自镐京的礼,这一点像极了宋桓夫人,也近乎以一种病态的态度在苛求自己的行为。

"武王仁义,所以得到了天下,而先祖不仁,所以失去了天下。"成为了宋公以后的兹甫不止一次在大庭广众之下说出了这段话。

目夷却以沉默对,他知道这是弟弟在委婉暗示。他并不是一个特别遵循规则的人,怎么做,如何做,以为只追求结果,难免会走得过偏。

"或许,"良久,左师[1]目夷才开口,"只是昔年郑侯也曾割过洛邑的新麦;鲁侯也曾私用天子礼而祭天,而他们都是后稷的子孙。"

"所以郑侯只是强盛一时,而鲁国自桓公后早已盛况不再。"兹甫双目温柔地注视着兄长,很疲倦。

"何况,后稷子孙可以做的事情,我们却……很难。"

这是实话,目夷一度有些冰冷地想,《殷武》的调子就像是梦魇一般重新在脑海里回荡,他看着灯火下弟弟单薄的身影。

你放下吧。

"那么谁才是现在的仁义呢?"目夷问,他并不期待答案。

---

[1] 目夷官位。

兹甫的答案也不令他惊讶，他的弟弟笃信周礼的力量，那么在不久之前，刚好有一位用自己的行动去展示仁义维护周礼的霸主。

"自然是齐公。"

齐侯九合诸侯，维护了洛邑天子的尊严。

目夷并不相信姜姓后裔对于洛邑的忠诚，镐京的败亡，就像是一首韵律般在历史的长河中日夜奏响着周制的崩溃，顺路也提醒着他，隔了那么久的血缘，其实并不可靠。

"齐侯并不是为了天子。"目夷忽然道。

"够了！你多言了。"

4

襄公元年，齐侯夏秋两会诸侯于葵丘。

来自葵丘的盛典，就像是来自西北的寒风一样，逐步扫荡着整个中原。葵丘之会，桓公震而矜之，叛者九国。

目夷不关心这九个国家，成周固然不是宗周，来自中央的威慑已经隐隐无法镇服整个天下,但离齐公所求的随心所欲,路还很远。

他关心的是另一件事。

"齐侯将太子昭托付于寡人。"襄公平静地陈述着这件事,秋日的凉风吹过他的发梢,微微掀起一些弧度。

他的眼睛中有着对齐侯敬仰,传闻中一匡天下九合诸侯,在蛮夷面前重新树立了周天子权威的齐公,突然在秋日会盟中对来自宋国的年轻君主表示了信任,这让年轻的宋君同样想要回报。

以信任回报信任。

宋君不犹豫地表明了这点,于是年老的齐侯和其重臣管夷吾沉默了半晌,笑着将公子昭托付给了才相识不久的宋公。严格意义上来讲,齐侯托子的举动是一种荣耀,但目夷却觉得不安。这是一种直觉,也是一种来自久远经验的条件反射,他深知胞弟是个什么样的人,也能猜到齐侯的心思。

所有的得到都必须有相应的付出,这是目夷所深信的规则。

即便是外表光鲜卓著的东齐，目夷也并不相信里面的太平。昔年管夷吾为了强齐，大肆分封齐诸卿，造成齐士大夫实力微妙的失衡。成周已不是宗周，来自天子的规则既然镇压不住诸侯，那么同样的，诸侯的规则也会压不住卿大夫。

"宋实乃小国……"沉吟了半晌，目夷准备开口警示自己的胞弟。只是这时，夕阳下，远方击打而出的编钟声伴随着群鸦的回巢而悄然升起，这不知道是来自哪一处的乐，清脆厚重的旋律声如此熟悉。

"商邑翼翼，四方之极，赫赫厥声，濯濯厥灵。"崭新的宋国国君凝视着乐声传来的方向，喃喃念出这一句。

他转了头，目夷看不清他的神情。

这是《殷武》，是桓公最喜爱的一首商颂。它徜徉于目夷的记忆中好久，并且随着司马目夷年岁的增长，在各种场合都慢慢替代了传统纪念先祖成汤的《玄鸟》。

商邑翼翼，四方之极。

从葵丘到邓，从邬到棘，从国都商丘到边野四垂，激昂兴盛的颂词就像一个恒远而古老的幽灵般悄然笼罩着宋国的天空。当时的目夷蓦地闭了口。

他的弟弟,他的国家的君主,就站在他身前的不过两步远,那样近的距离,仿佛伸伸手就能碰触。

只是当时他什么也没有说。

5

"宋实乃小国,"目夷想,他想起昔年东齐齐侯葵丘会盟时的风光,明明像是不久前才发生的事情,然而转瞬间,白骨累累,就只剩下今日破败残军狼狈回乡的凄凉。夕阳之下,长风猎猎,本来有两面大旗的战车上,如今只剩一面孤零零的宋字大旗了。余下的残兵稀稀拉拉地排布着队列,这次的目夷也什么都说不出口了,"小国争盟,祸也。"[1] 此前的千万次劝说仿佛随着他的叹息融入了风中,就像水溶在水中[2]。

国君的声声疑问,无人应答。

连鸦声也没有,只有风与马蹄的声音交错响在耳边,剩下的就是一片死寂。今日的夕阳好像落得格外得

---

1 《左传·僖公二十一年》:"小国争盟,祸也。"
2 博尔赫斯:"死了,就像水溶于水中"。

快，连最后一次余晖都不愿意多停留，白日耀眼的光如今也吝啬得舍不得抛下一丝光彩，就像要收回什么一样。

这场战役之后，由跟随宋襄公的大夫子弟担任的护卫队大都被歼灭，兵士也伤亡过半，宋人都责怪宋襄公，言语纷纷，尽管宫中内外再封锁消息，那些怀疑的目光和言语，都好像长了翅膀一样，渗过襄邑行宫的宫墙[1]，飞到宋襄公的病榻旁边。宋襄公的伤口，一日比一日恶劣，回到王都之后竟然大腿后受箭伤越发的恶化，垂垂而危，最终不治身亡[2]。

宋国失势之后，便是楚国，楚国之后又是晋国。晋文公称霸不足十年，秦穆公又任用百里奚等贤人志士。秦国大败晋国之后，新的霸主又到了秦国手里。就如此，周而复始，轮转更迭。当初那个持仁义大旗在泓水边上冲杀的身影似乎越来越淡，随着他潦草的死亡再也没有

---

[1] 宋襄公在泓水之战失败以后，撤退到宋国襄邑的行宫里养伤。
[2] 周襄王十五年（前637年）夏季，宋襄公伤痛发作，不治而死，葬于襄邑（今河南省睢县）城中东北行宫内。儿子王臣即位，是为宋成公。

痕迹了。

后人[1]有诗为证：

小国争盟祸莫逃，托名仁义直徒劳。杀人祭鬼宁非忍，犹自临戎惜二毛。

6

襄公最后醒过来的时候，耳边是一阵悠扬笛声，吹得是商室的古曲，曲调婉转动人依稀是儿时声音，父王教他们兄弟"顺应天命、复古兴商"的情景仍殷殷切切如梦如真。

襄邑行宫院中槐树下，着素服吹奏商颂的依稀与多年前的少年司马子鱼别无二致。

中兴的梦想就像是永生的火焰，永远伴随着《殷武》的歌声燃烧在宋人的心里。

"天命玄鸟，降而生商，宅殷土茫茫。"

---

[1] 作者王十朋（1112年11月9日—1171年8月6日），字龟龄，号梅溪。生于温州乐清四都左原梅溪村。南宋著名政治家、诗人，爱国名臣。

我是人间惆怅客,知君何事泪纵横,断肠声里,忆尽平生。

三 参考原文

【《左传》[1]原文】

(僖公)二十一年,春,宋人为鹿上之盟,以求诸侯于楚。楚人许之。公子目夷曰:"小国争盟,祸也。宋其亡也!幸而后败。"……

秋,诸侯会宋公于盂。子鱼曰:"祸其在此乎!君欲已甚'其何以堪之?"于是楚执宋公以伐宋。冬,会于薄以释之。子鱼曰:"祸犹未也,为足以惩君。"……

二十二年……三月,郑伯如楚。夏,宋公伐郑,子鱼曰:"所谓祸在此矣!"……

楚人伐宋以救郑。宋公将战,大司马固谏曰:"天之弃商久矣,君将与之,弗可赦也已。"弗听。

---

[1] 节选自《左传》僖公二十一年至二十三年。

"冬，十一月，己巳，朔，宋公及楚人战于泓（今河南柘城县西）。宋人既成列，楚人未既济，司马曰：'彼众我寡，及其未既济也，请击之。'公曰：'不可。'既济而未成列，又以告。公曰：'未可。'既陈（阵）而后击之，宋师败绩。公伤股，门官歼焉。

国人皆咎公。公曰：'君子不重伤，不禽（擒）二毛。古之为军也，不以阻隘也。寡人虽亡国之余，不鼓不成列。

"子鱼曰：'君未知战。勍敌之人，隘而不列，天赞我也。阻而鼓之，不亦可乎？犹有惧焉。且今之勍者，皆吾敌也。虽及胡耇，获则取之，何有于二毛？明耻教战，求杀敌也。伤未及死，如何勿重？若爱重伤，则如勿伤；爱其二毛，则如服焉。三军以利用也，军鼓以声气也。利而用之，阻隘可也；声盛致志，鼓儳可也。"……

二十三年，春，齐侯伐宋，围缗，以讨其不与盟于齐也。夏，五月，宋襄公卒，伤于泓故也。

如坠

边楚月

0

我感受到一种难言的悲怆。

像灰愣愣的鸽子,扑棱着翅膀,密密匝匝地朝我铺天盖地飞来。

1

周一的清晨,窗帘拉开了一片,外面的空气和光线都进来了,我在清醒的状况下清晰地思考如何虚度一天。

我如常一鼓作气地穿好校服背好包,叼着牙刷吃早饭,耳机里是VOA Special的动人女声和男声在轮番殷殷关切世界能源和中美贸易。

白瓷碗里是母亲周末提前包好的小馄饨,荠菜猪肉,玲玲珑珑一百只,在冷冻柜里码了一层半。父亲每天五点五十起,煮上二十只,陈醋麻油和胡椒面儿一样不落。就这样,还要被我这个世界第一不解风情之人暗中嫌弃醋放太多酸到倒牙,还有馅儿里有腻滑肥肉和姜,难以下咽。

我干脆利落戴上表,争分夺秒地对着酒柜后的玻璃理了理头发,不出意料,倒映出的是一双没什么光彩的眼睛。我努力地把眼睛睁了睁,想露出一个元气少女的笑容。可惜脸部肌肉再怎么颤动,却只做出一副滑稽的表情,唔,真丑,像带着怪笑的柴郡猫。

左手还在摁电梯按钮,催促俩月修三次的旧电梯加速来接我这位新时代的好青年;右手已经打开了背单词的APP,一边暗中计算,嗯,路上20分钟,背单词的速度得再创新高。

父亲的电瓶车在车水马龙的路上开得不急不缓,我的手在方寸之间的屏幕上风驰电掣。当父亲的小电瓶车见缝插针,过大红绿灯口像小渔船过鹿特丹的时候,空中似有悠远低沉的轰隆声破空而来。我似有所感地抬头——

两列轻轨在我的头顶隆隆交错。

那一刹那,一个动点和两条直线交于一点,这个在坐标系里无知无觉的动点突然感到一阵惊惧和一阵微妙的震撼。

我的反应太慢,抬头的时机太晚,须臾之间轻轨和我的交错结束,只有一望无际的天空。

天空蓝得可怕,阳光明明白白地照着我的头顶。我的心中升起一种难以言喻的失落和遗憾。

2

放学铃声响起,学生们像潮水一样涌出学校,挥手告别彼此,天空淅淅沥沥地下着连绵不尽的小雨。雨丝从天上飞入学校,学生们从学校飞入各自的家里。

我从淋漓的雨线当中狼狈逃离,雨伞的骨架断了一根,所幸雨不大,于是干脆侧着身把头偏向没坏的半边,用手臂和肩膀夹着伞在雨里小步快走。

我在脑子里回顾完今天所学的圆锥曲线之后,抬头端详了一会回家路上的居民楼,突然感觉既陌生又惶恐,眼前的楼好像被谁调换过了,我天天走过,却对它一点印象也无。灰白的楼上洒满最后一点点夕阳,原来雨在我不知觉间已经停了,我却一点都没有察觉,夕阳还是撑不住摇摇欲坠地跌下楼顶,只有我还傻兮兮地侧着头撑着把坏伞,目睹着它最后的光芒消失的瞬间。

3

喧闹的白天终于还是离开了,黑夜接踵而至,然后,便是寂静降临。挣扎着把英语报纸胡念一气,混完 TO-DO-LIST 上漂亮的红勾之后,我躺在床上,在清醒的状况下清晰地回顾自己虚度的一天。

张岱在《陶庵梦忆》的最后说道,但想生平繁华靡丽,过眼皆空,人生大梦中,恐其是梦,又恐其非梦,终叹痴人说梦。我躺在床上,还未沉入黑夜,已觉得白天像一场幻梦。

我这么快乐,却这么惶恐。

我好像被什么东西填满了,仔细看看,并不是我自以为足以感动自己的"努力",竟然是迷茫和恐惧充斥一生。

4

我曾经以为我最大的敌人是思想上的满足,使我忽略了行动上的贫瘠。我以前只知道傻乐和傻玩儿,在我发现身边所有的人都似乎在为他们的目标而努力学习努力工作的时候,我第一次感到格格不入。

所以我拼命照着别人的范本来打磨自己。但我后来发现,恰恰是我的思想得不到满足,我画好一条道路,生怕落后于人和不合群的恐惧挥着长鞭驱使我往前走。但我越这样做,越觉得无所依托,越觉得这是一种虚度。人人叫嚣的所谓努力到底是为了什么呢?大学?工作?为了车和房?为了更好的衣食和享受水平?

然后呢?

我感到惶恐,我感到害怕,我害怕我因为这样的理由挣扎犹豫，而碌碌一生。我翻了翻书，给自己下了个定义：原来我真正害怕的是，人生无意义。

我曾经在一篇随笔里这样写过：所以你要谨慎地思考和选择，不要输给风，不要输给雨，更不要输给充满人性弱点的自己。

但如果我追求的目的都是虚无的呢，如果每一种选择度过时间的方式都可能是错的呢？

父母和师长告诉我，不要迷失，不要犯错，你要拼尽全力地努力追求。

我试探着去追求，向我理想中的高山攀登，但也许我走错了，我感觉自己正从高山上坠落，我大声把我的问题告诉风，但我只听见风呼啸着一遍遍重复我的声音——

但如果你追求的东西没有任何意义呢？如果你选择的所有度过一生方式都是虚度呢？如果你所有认为实用的，最后都是无用的，你会在追求实用的浅薄当中浪费自己无用的一生吗？如果……

别说了！别说了。

我不知道。

5

春天太美了,所以怎么过都是浪费。

我被别人以各种各样的方式提醒着我正处于一个怎样宝贵而绚烂的年纪,所以我的一丝一毫都容不得浪费。努力用功,好好学习,好像浪费了本该去冒险和玩耍的黄金时代;而若是充满激情的笑闹和疯狂,又似乎对不起这本该追梦人生的璀璨年华。

我恰恰是知道它太好了,它也太重要了,我的人生不会再经历这样精力充沛而又满是梦想和单纯的欲望的时代,所以当我意识到这一点的时候,我感到迷茫和措手不及。

但是,我的心里从来没有放下对这些问题的探寻,风不能告诉我答案,父母与师长也不行。但加缪的一句话让我把自己埋入书本。他说:"人生的意义就在于承担人生无意义的勇气,如果你一直在寻找人生的意义,你将永远不会生活。"

我扎进文字里,在这条羊肠小道上踽踽独行,最后终于得到了一点点顿悟。面对迷茫和痛苦,面对人生无意义的拷问，有的人选择了走出并且面对它，而有的人却因此抑郁终生。

比如李商隐和杜甫，面对所谓人生不可避免的苦痛，生活中的哀愁与无奈，李商隐沉湎其中，写尽《无题》也无法完全排遣；可杜甫在认清这一切后，却从未绝望，相反地使他更加坚定地面对生活。

所以，也只有弱者才会沉溺于这样的无病呻吟的痛苦，真正的强者选择面对它，认清它，然后超越它。正如伍尔夫所言，直面人生，认清它，才能爱它的真谛。

芥川龙之介的一位友人，在他死之前问他，你现在还有旺盛的生活欲望吗？他说，不，只有旺盛的创作欲望。对他来说，到底是走向生活还是让生活走来呢？他看透了很多人性的本质和人生无意义之后，他依然无法回避自己的弱点，他害怕变成了他母亲一样的疯子，所以他选择了结束自己。

同样是日本作家，小林一茶这样写道，我们站在地狱的屋顶上凝视繁花。

许多艰难险阻都是我理想中的高山为检验我是否会走过来的一场试炼，我在这场试炼当中明白了一切，于是最后，我走向高山。

正如《水浒》里鲁智深最后的顿悟，平生不修善果，只爱杀人放火。忽地顿开金绳，这里扯断玉锁。咦！钱塘江上潮信来，今日方知我是我！

原来我曾经是多么因噎废食的蠢笨。我自己给自己画了个圈，然后把狗一样的自己困在里面。

认清这一切让我感到痛楚，同时，感到欢愉。

6

汪曾祺在《人间草木》里说，人生如梦，我投入的却是真情；世界先爱了我，我不能不爱他。

一个周末的午后，阳光直直地洒在我家十楼的阳台上，我坐在洗衣机旁边的矮凳上眯着眼睛看生物书，母亲端来一盘甜瓜和新沏的茶水，说是本季新上的瓜果和我最爱的太平猴魁。我从洗衣机盖上拿起一块放入嘴中，不知怎的，这瓜像混迹在广大甜瓜队伍里的腐败分子，苦涩至极。

在一旁洗衣机的轰鸣声中，我把一盘"苦"瓜啃得气势惊人。这股啃苦瓜的气势,让我在啃生物书时,也有一种开天辟地势如破竹之感。

啃完生物书,我又端起旁边的茶杯,欲效仿古人,今日读书畅快淋漓,当浮一大白。茶水入口,平淡无味,分明是白水一杯。许是太累,常常一天工作超过十小时的促销员母亲忘了放茶叶,水在我的舌尖打转,混合着刚刚苦味甜瓜竟然有种说不清道不明的别样甘冽,我冲在厨房腌萝卜干的母亲遥遥地喊:妈,好茶——

也许,生活中恰如其分的需要这样一些苦瓜和好茶。

春天太美了,所以怎么过都不是浪费。

7

王小波在《一只特立独行的猪》的封面上这样写道,我活在世上,无非想要明白些道理,遇见些有趣的事。

星汉灿烂,我曾只认为是一瞬间。

短暂的欣赏美之后,我曾仍感到不满足。

后来,我努力做题,也努力想去看满是阳光的雪山。

我听见窗台外的麻雀在谈论天下大事,它们从遥远的雪山之巅成群飞来，在发旧的窗台上规规矩矩地排成一顺，然后踊跃发言。

后来，我努力背单词，也努力想去听风半日缠绵悱恻。

雨天不再使我狼狈逃离，我喜欢雨后初晴立在积水滩中，风把我宽松的衣服吹得鼓胀起来，我涉水而行，享受自己摆脱了万有引力，不是疾行在地面的底部，而是飞翔在天空的顶部。

后来，我所做的最浪漫的事情就是：每天定时定点给假花浇水和读 BBC NEWS。

后来，我变得习惯于奔跑，在没什么人来的旧体育场里，我绕着小小的圈奔跑。云朵在我的头顶裹挟奔涌。左边像是两个背向谈话耍计谋的怪物谋士，右边像是吞吐龙涎的中古巨龙。回过头去，云在空中层层叠叠地铺就了一座泛着金边的城堡，我在城堡的中心之下，似乎安然要开始我的征程。

就像梭罗《瓦尔登湖》结尾处写的那样。因而今天我开始清醒，于是天光大亮，我就在阳光下，半明半暗的云在穹顶之上风起云涌，我开始奋力奔向我的高山。

不是每个人居于瓦尔登湖旁都会变成梭罗,但我们至少应该努力去寻找自己的瓦尔登湖。

愿你我能坦荡地取悦自己,在平静的生活中,为了登上自己心中的高山而终生拼命努力,也会记得时常停下来,拼命浪费生命于值得自己灵魂震颤的事情。

8

周一的清晨,推开我所居这栋楼的铁门,眼睛一时睁不开。目眩神迷之间,整个早晨的清风和阳光拥我入怀——

几秒变成亘古。

整个身躯无言迎接了这种喜悦,接着是葱茏绿意,斑驳光影,野猫的懒腰,澄澈悠远的高天和若隐若现的鸟。

关于1992年普通高考政治科(理工类)试卷中增加中国近代现代史考查内容的通知

为加强中国近代、现代史和我国国情的教育,现决定:自1992年起,在普通高等学校招生全国统一考试理工类的政治试卷中,增加中国近代、现代史的内容。试题比例为20%。考试范围暂限于《中国近代现代历史讲座》(人教社1991年版)所涉及的内容。有关命题依据另行通知。

教育部

1991-04-28

一

"哼，金庸。"

王主任举着刚从林政手里抽出来的书，随手翻了两页，重重地哼了一声。

这本书用数学卷仔细地包着，在伪装上确实下过一番工夫。不过林政自诩机警，趁着王主任写板书的空当悄悄从桌肚里抽出来瞄上两眼刀光剑影，被回头拿课本的王主任一眼瞥到，林政抬头观察王主任动向时只赶上与走到座位旁的王主任四目相对。

"你给我站起来，说了多少遍了，马上就要期末了。这次期末决定你们在哪上高三，在哪上高三决定你们在哪上大学。还看闲书,还在这祸害班级。"王主任合上书，一把把书扇到林政脸上，环视着全班骂着，"不想学的可以给我滚出去……"

"王主任，出来一下。"这时校长推开了门，对着王主任招了招手。班级里传来一阵憋笑声。

王主任停了手，走回讲台，将书重重地摔在讲台上。"都给我安静，自习！"说着便走了出去。

林政边上的何权伸头看着王主任的身影消失在门后,转过身子对着林政小声调笑:"切,你不是说你技术高超么。"

"别说风凉话了,晚上想想办法帮我把书拿回来,多少人等着这第三本呢。"

"得了得了,你也真不紧张。这次期末可是有去重点上高三的名额的,你也不拼拼。"

林政刚想回答,却见何权迅速地转回去低下头,装出在看书的样子,于是也赶忙站直,目不斜视地看着黑板,余光中看到王主任推开门,对着门外的校长点点头,然后走上讲台。

王主任看到站得笔直的林政,狠狠地皱了下眉头,也不再理会他,只从讲台上拿起课本,继续讲起了课。

林政抿了抿嘴,王主任没有让他坐下,于是他便站得放松起来,但刚才王主任和何权的话让他突然感到了学习的紧迫。这次期末是高三的分班考,按照排名分出好班差班。差班,众所周知,基本就是没人教的状态,学校统计数据压根不会算上他们。而分到好班才有老师教,甚至前二十名还能被送到市一中去读高三。

市一中,林政想着,就能逃离这个破地方,逃离这些破老师了。

其实林政的成绩不算差,县中里只要是肯学习的学生成绩都拉不太开,都不上不下的,就和县中一样。

林政抬头看看三分钟讲课、七分钟骂人的王主任,心中默默地骂几句脏话,还是集中起注意力,努力从王主任的讲话中提炼出些许有用的知识。

二

晚上十点半,熄灯后。林政躺在床上,半眯着眼睛,耳朵听着门外的动静。让他感到奇怪的是,平常这时总会有王主任或是其他老师打着手电巡视着寝室,但是今天却一片寂静。由于记着那本书,林政等了约莫二十分钟便焦急地爬下了床,挨个拍了拍其他三个人的床沿,走进了厕所。

何权几人早就等着林政了,听到他起来,便也都爬下床走进厕所。

林政倚着墙壁,等待几人陆续走进厕所,围成一圈,开始他们的"密会"。

"今天的问题是要拿回那本《天龙》。那本是问三班借的,拿不回来很麻烦。"林政看几人站好,一拍墙壁,骂了句王主任,然后说出了他的目的。

"从王主任那拿书?他只进不出你又不是不知道,不如我们几个凑点钱给人家算了。"

"凑什么钱。我都想好了,等会儿我们几个就去趟办公室把书拿出来。"

"啥?你有这胆子?"

"我去。我顺便改个考试答案。"

"别别别搭上我,我就在寝室给你们看着。"

三人小声讨论之后很快就确定了行动方案。林政和志齐两人进入办公室,林政找书,志齐去改他的答案;何权在教学楼门口守着,负责警戒;孙伟则留在寝室。

林政看看手表,此时十一点出头,正常情况下这时老师都休息了,不过今天有考试,老师们赶着把卷子批出来,所以会走得晚些,可能这也是没有巡视的原因。林政看看其他几人,再次暗骂了声王主任。

"走。"

孙伟张张嘴，仿佛要说什么，不过终于还是叹了口气，拍了拍其他三人的肩，眼里仿佛在说"你们好运"，先走出了厕所，躺回到他的床上。

林政三人不再说话，各自穿好衣服，悄无声息地走了出去，慢慢从宿舍楼摸向教学楼。

"停。"到了教学楼前的草丛，林政一挥手，三人停下脚步，"怎么这么晚灯还亮着？"

三人望去，只见办公室里亮着昏黄的灯光。林政迅速带着另外两人找处隐蔽的地方藏了起来，远远地望向教学楼方向。"先看看再说吧。"

三

办公室里，校长、王主任和两个政治老师围着桌子，桌子上放着一张雪白的通知。几个老师目光聚集在通知上，都板着脸，不知道在想着什么。

"理科老师都睡了，这里只有我们这几个。"校长首先打破了这个凝重的气氛，将其他几人的目光拉到了他的身上，"通知都看过了吧。"

王主任三人点点头，看着校长转过身，慢慢走到窗边，扶着栏杆，抬头望着天空，长叹一口气。

"明年高考政治，里加二十分历史，所以这次期末我们和其他几所学校联考，政治里也会加二十分历史。二十分，我们第一名和第一百名也就差二十分吧。"

"校长，您的意思是？"

"王主任，李老师，你们的孩子刚好在这一届吧，还有你们看好的一些学生，他们加二十分能进前二十吗？"

"您是说我们只把这事告诉那几个学生？"

"这通知暑假才送到，这会儿还在路上呢。"校长回过身子，看着三人，"二十个名额是我们的学生努力争取到的。"

"嗯，以后校长有事我们也尽量帮忙。"王主任看看校长，又看看通知，他哪里不懂校长的意思，所以对着校长再次点了点头。

"那就散了吧，这张纸你拿去。"校长说着离开了办公室。

王主任嘱咐了一下两个较为年轻的政治老师，政治老师觉悟高，王主任有些满意。他拍了拍两人的肩，却叹了口气,挥手让两人先离开。见二人出了门,王主任拿起通知,又仔细地看了两遍,随后打开自己的抽屉,随手扒拉开点卷子,把通知压在了下面。关灯,锁门,离开了教学楼。

四

"看,灯关了。"教学楼外的草丛中,林政三人一直关注着办公室的状态。没等多久,三人看见一个人影从教学楼中走了出来,随后又走出了两个,最后办公室的灯暗了下去,王主任那熟悉的身影在教学楼门口出现,向教职工宿舍走去了。

三人见状,何权首先探了出去,猫着身子左顾右盼地冲向了教学楼,确认安全后,向林政和志齐招了招手。

林政和志齐于是以相同的姿势跑向了教学楼。何权在门外警戒保安和老师,林政和志齐就走进了教学楼,直奔办公室而去。

"你说这大半夜的,王主任和那几个人干吗呢?学我们密会?"志齐到了办公室门前,掏出早就弯好的铁丝开锁，边捣鼓边念叨两句。

"嗨，那帮老师搞什么小群体吧。你别管，快点开。"林政不时向四周看几眼，催促着志齐。话音刚落，便听到一声轻响，志齐推开了门先走了进去，林政拿着手电筒跟在后面。

"果然在这。"林政手电照向王主任的桌子，那本金庸正倒扣在桌上，显然是王主任也看了几页，"切，不让我们看自己还看。"

"拿了就行了，帮忙照照抽屉，我改个答案。"志齐打开王主任的抽屉，拿出厚厚一沓考卷翻看着。很快志齐便找到了自己的那张，他抽出笔，找到他默写错误的地方，划掉原本的答案再改上正确的。默写要是错了，王主任会直接罚学生抄上两百遍，所以志齐这次陪林政冒险也要改了答案。

"改好了，走吧。"志齐收了笔，整理好卷子便要往抽屉里放。

"诶等等，这是什么。"林政的手电打到了一张雪白的纸上。在县中里，用的都是灰色的再生纸，白色的纸很少见。林政在志齐放好卷子前先抽出了那张纸，用手电照着看了几眼,便惊呼了一声,让志齐也凑了过来。

"政治考试增加二十分近现代史?这事怎么不告诉我们?"

"可能刚到准备明天说吧。"

林政这时想起刚才这么晚走的王主任,又看看还没怎么批改过的试卷,目光最后回到这张通知上,仿佛一切都想明白了。

"我觉得王主任可能根本不打算说,只把消息告诉那几个学生。"

这么一说志齐也明白了。在县中,"那几个学生"指那群与老师关系亲密的学生,他们每次大考都能"超常"发挥考进前几十名,这背后的猫腻大家都心知肚明。但这次期末是联考,市一中出题市一中阅卷,本来以为终于能公正一次了,没想到却刚好出了个变动,想必这些老师是要借此把"那几个学生"送到前二十名,送到市一中去。

志齐想到这,咽了咽口水,抬头看向林政:"你打算说出去吗?"

二十分,差不多可以提一百名了,也就是高三分班时可以前进两个班，再考好点甚至可以去市一中。

考场如战场。

林政咬着嘴唇，紧盯着通知，有些不太敢和志齐对视，慢慢挤出几个字："我们，别说吧。"

"嗯。"

五

王主任第二天早早地进了办公室，拿出抽屉中的卷子开始批改，仿佛觉着少了什么东西。但这时他看到了卷子下的通知，这份雪白让王主任感觉有些刺眼，但又忍不住去看它。王主任就这么盯着通知，直到快上课了，其他老师也陆续来到了办公室。王主任于是合上抽屉，拿起课本向教室走去。

教室里所有人早已坐好。林政一早把《天龙》还回了三班，又找他选文科的朋友借了本《中国近代现代历史讲座》，此时正把书架在桌肚里翻看着。抬起头，林政再次与王主任四目相对。

王主任一把抽出林政的书，看了看书名，皱了皱眉头，有些惊异地看着林政。

正当所有人都以为林政又要被王主任一书扇到脸上的时候，却见王主任叹了口气，慢慢把书放在林政桌上，转过身子走向讲台。"历史大家可以看看。开始上课吧。"

"诶，你看这个干吗？而且王主任没事吧，上次那谁看文综的闲书可是被骂了半天。"何权转身从书包里拿课本，趁机问了问林政。

林政感觉他的心跳有些加速，不去看何权，只是把书收回桌肚，随口应和着："谁知道呢。"

谦爷

郭旭

吱呀一声,面前的庙门打开了,排了许久的队,总算是轮到了我和三水。我伸了伸懒腰,边上的三水便一脚踹了上来。"心诚一点。"她说,然后拉着我的手走上台阶,走进庙门。

信不信鬼神我说不清,但寺观我是向来不信的。谦爷说过,不过是花钱买安心的地方。然而我还是被三水拉了过来,高考前的她虔诚地信着一切。

我们跪在蒲团上,面前的大师满脸横肉,但双目下垂,总算是和慈祥搭上些边。他看着我们,递上签筒。

"求什么?"

"高考。"

三水接过签筒，闭上眼睛，装模作样地摇了起来，竹签发出刷刷的响声，一下子便甩出了四根。三水叹了口气，拾起竹签放回签筒，放缓了摇签的速度。十几声过后，却甩出了两根。

"我帮你吧。"我按住三水的手，接过签筒，拨了拨里面的竹签，找到合适的一根，然后闭上了眼睛。我的双手首先回忆起了谦爷的技艺，然后脑子里浮现出了谦爷的面影。不行，我摇摇头，刻意想着三水的高考，甩出了一根签。我睁开眼，抓起杯筊，丢在地上，一阴一阳，圣杯。

"第一（签名：钟离成道），上签。开天辟地作良缘，吉日良时万物全。若得此签非小可，人行忠正帝王宣。"大师垂下眼睛，念出签诗。

"这下你放心了吧。"

身边的三水听到"上签"便舒缓了神色，眼睛笑成了月牙。我最喜欢看的便是三水这样笑起来的神情，以往的我总是会呆望很久。但现在我握着签筒，脑海中却满是谦爷。三拜之后，我拍了拍三水："你先出去吧，我为我一个长辈求一签。"

待三水出去，我握着签筒，转身跪向西方，放任谦爷的面影潮水般填满我的脑海。刷刷几声，一根签应声甩出。我又熟练地掷了圣杯。

"第十八（签名：曹国舅为仙），上签。"

"金乌西坠兔东升，日夜循环至古今。僧道得知无不利，士农工商各从心。"我接过大师的话，背出了签诗，而后转向大师，拜了三拜，站起身来。

"不知施主师从何人。"大师垂下的眼睛抬起来望向我，眼神柔和得让我熟悉。

"谦爷。大师认识？"

"很像我一个故人。"

我转身出门。

认识谦爷是在十年前，我刚升初中，父母便随我搬入了学校附近的小区。小区是老小区，老小区里老人多，路边总是三五成群的老人，象棋、麻将、嗑瓜子、磨剪子。而在小区外边，人行道上每隔一段距离便会有一个用粉笔画的圈，圈里像是被烟熏过，泛灰，还总有破碎的枯叶打着旋。这让我想起我年幼在农村时玩的跳房子、放擦炮一类的游戏，因此每天放学走在人行道上，看到圆圈的我总会刻意地跳或踏进去，嘴巴里还默默数着数。直到某天我刚跳进第十四个圆圈，一位老人一把把我拽了出来，让我踉跄了一下。

"这是烧死人衣服的。"我正要"礼貌地问候"老人，老人先一步盯着我，口中飘出这句话。被人这么盯着，我的屁股想起了父亲的皮带。我咽下了"问候"，转身向小区走去，在老人的目光下避开了所有的圆圈。

死对我而言是难以理解的，但我因此认识了谦爷。在老人成群的小区中，他大多时间却都一个人坐着，地上铺张报纸，面前摆着签筒，头上不论四季都戴着顶帽子，终日看着些玄之又玄的旧书。叫他谦爷大概是因为他会抽签算命，别人和他自己说的时候还会带上儿化音，叫"谦儿爷"，我南方得地道，不喜这个，就叫他"谦爷"。

去找谦爷自然是为了抽签。看多了港片，我对能在手里玩出花样的骰子、扑克什么的尤其感兴趣，加上年幼时在农村和老人打过的交道多，并不怕生，也信这个，因此看见路边的签筒，我觉得新奇便走上前去。

"欸，爷爷。"

"谦儿爷。"

"啊好,谦爷,这东西能玩吗?"

谦爷抬起头来,上下打量了我一遍:"是你。"

"我现在都绕着圈走。"

"这不是玩的,你来抽一签?想好求什么。"

谦爷放下旧书,把签筒往我面前推了推。我接过,学着电视上看到的动作,用力摇了起来。"哗。"一筒竹签一下子全往面前的谦爷飞过去。谦爷显然早有准备,不管其他,只是右手迅速罩住签筒的口,把最后一小撮竹签拦回了签筒里。

"还是别抽了吧,差点就竹签开花。"

我有些失落,把散落在地上的竹签捡起放回签筒。我低头看着签筒,红木的筒身上刻着黄黑的八卦,产生了一种莫名的吸引力,又抬头,发现谦爷也在盯着我看。

"谦爷,这个应该怎么摇啊。"

"你像我孙子,"谦爷说,"就是他从不来看我。"

我的学艺生涯就这样从被占便宜开始了。

单纯摇签并不难学,先轻轻地摇,逐渐在签筒的方向上加力,多试几次便能控制每次只摇出一根竹签,倒是掷杯我学了几周才勉强掌握。谦爷让我用两个硬币练掷杯，方法说起来倒很轻松，掷之前看一眼手中硬币的正反，一正一反就平稳地推出去，两正或两反则需要手指拨一下。就为了这"拨一下"，我在学校被老师没收了八块钱，才练到偶有失误的程度。

第一学期期末考前，我抽签技术有所小成，学业却落下了一些。平时不烧香，临时总得抱佛脚，我想起了抽签本来的作用，算命。

"谦爷，你这签算得准吗？"

"你今天怎么问这个？"

"要期末考了。"

"你抽一签，我帮你解。"

我拿起签筒，摇签我早已轻车熟路，随手几下便摇出了一根。随后我拿起两枚硬币，想了想，刻意一正一反地放在手里，平稳地推出去，圣杯。

"啧，第八（签名：斐度还带），倒是上签。茂林松柏正兴旺……"

"上签就是能考好吗？"我没兴趣听签诗，打断了谦爷。

"这签是说,你坚持坚持,最后能考好的,但这次考试,"谦爷顿了顿,"悬。"

我上扬到一半的嘴角僵住了。

"我再抽一签。"我心有不甘。

"一件事就抽一签。"

"那我抽别的,可以吧。"我脑海里突然浮现出班上的煜辰,是我同桌,一个让预初的我情窦初开的女孩子。

"一天最多摇三次,你还抽什么?"

我抱着签筒,支支吾吾说不出话。谦爷看到我的窘迫,笑了起来:"抽吧抽吧,我知道了。"

我将方才摇出的签放回签筒,又摇起来。大概是心乱了,这次摇出了三根。谦爷似笑非笑地看着我,目光将我的脸照得滚烫。我放回竹签,想着煜辰,这次没有失误。

"第五十四(签名:马超追曹),下签。梦中得宝醒来无……"这第一句我便听着不对劲,谦爷估计也察觉到了,不再念下去,直接说:"另寻出路吧。"

"切,你这准吗?"连续两签都不是什么好结果,我有些心灰意冷,放下签筒准备回家,想着与其抽签仿佛还是复习有出路。

"哈哈，准不准谁知道呢。"谦爷拾起我摇出的竹签，放了回去，又突然叫住我，"欸，你命里缺水，以后注意点。"

那次期末前，为了弥补半个学期的心不在焉，我复习得尤为刻苦，最终稳在了前十的尾巴，虽略有退步但也说得过去。至于第二签，随着第二学期座位调整，我和煜辰也没了交集。此后的初高中，我只有过几次无疾而终的暗恋，直到大学时才认识了尚在高中的三水。是谦爷的签真准还是谦爷的话潜移默化地影响了我喜欢女孩子的标准，我不知道。跟随谦爷学的东西越来越多，我愈发不信抽签这种东西了。

因为谦爷也不信。

当我掷杯日益熟练，两枚硬币在我手里可以稳定地掷出一正一反，我对抽签起了怀疑。掷杯本应是遵循神意，一阴一阳为圣杯，说明此签作准，可谦爷却教我练到能稳定掷出圣杯，那摇出什么签是否也能练出来呢？我把疑问和谦爷说了，谦爷笑了，拿起签筒，拨了拨竹签，缓缓地摇了起来。

一根签飞了出来,紧接着第两根、第三根、第四根、第五根。我捡起五根竹签,分别是第一签到第五签。

谦爷摘掉了自己的帽子,第一次向我露出了光头,上面突兀地点着几个点。他低下头,指了指自己的戒疤,抬起头戴回帽子:"你发现得比我早。"

我看着五根竹签,上边漆着与红木签筒相似的红色,又用庄严的黑色刻着字,第一、第二、第三、第四、第五。我老家在农村,向来是信鬼神的,我对谦爷有兴趣估计也是受这影响。我出生时,父母便请了道士替我算命。道士说我命里缺水,但名字里需火调和,便取了"旭"字。当上次谦爷也说了同样的话,我对命的敬畏达到了顶峰。可我现在手里拿着谦爷随手摇出来的第一到第五签。

还是谦爷打破了沉默:"所以我们从不给自己算命,知道这不过是予人安心的东西。你还学这手艺吗?"

"学,吧。"

"先和你说好,这是给人安心的,不是骗人的。你要是用这骗人,我……"谦爷没有说下去,缓缓地低下头叹了口气,良久才抬起头来,挥挥手让我先走。

三年多后我才从小区门口大妈们的闲话中了解到,谦爷的儿子好赌,手被人打断过,被谦爷赶出了家门。后来谦爷离开了,他儿子才搬了回来,每次出门都被大妈们指指点点。

摇签的手法比掷杯难多了,我每天放学回家在谦爷这练上一小时。升初一的暑假,我能摇出最上面的一根竹签,两个月后,边上一圈竹签我都可以摇出来了,当我能摇出最中间的一根竹签时,一年半过去了。

此时谦爷已经没有和我初见时那般精神了,手劲不再能拉得我一个趔趄,每次摇签的时间也要长个十几秒。

我接过签筒,拨一遍竹签,寻找到需要摇出的竹签,缓缓摇了起来。随着刷刷的响声,几根竹签逐渐从中间被摇到了外围,劲头再随着签筒走,几根竹签被依次甩了出来。第一、第二、第三、第四、第五。

谦爷手微微颤抖地拿起五根竹签,手臂伸直举到最远,眯着眼看着,然后把竹签放回签筒,欣慰地笑了。

"你练成了,我俩估计也见不了几面了。我练成之后,还了俗,之后就靠这个给别人个安心。我把你当我亲孙子,有事就直接问你了,你学这个是为了什么?"

"我不信抽签,"快两年的时间里,我也想过这些,最后告诉谦爷,"但信命"。

谦爷笑了,笑着笑着就背过身去,抹了抹眼睛再转向我:"挺好的,能信些什么。"

"我一直以来有两个遗憾,一个便是一直看不开命。另一个呢,"谦爷眯着眼睛盯着我,"是想真有个好儿子、好孙子,能让我起码传下些什么。"

我跪在谦爷面前,磕了三个头。

那天之后我便没见过谦爷。我也去过谦爷家中找他,谦爷的旧书依然堆在门口桌子上,家具摆设也没有变化,只是住在里边的人变成了一对中年夫妇和一个和我年龄相仿的少年。少年和我一点也不像,比我宽出一圈。我敲谦爷家门的时候,少年正在门口抽着烟。他替我打开门,屋里窗帘打开,灯光全亮,比谦爷独居于此时亮堂得多。我询问谦爷的去向,男人告诉我,老头子终于去养老院了。

养老院我知道,离小区四五站路,我坐公交时总会经过,是我见过为数不多比我们小区还要破旧的建筑。

我们家在餐桌上曾聊到它。我妈说，那是不孝子送老人去等死的地方，等我们老了你不会送我们进去吧。我埋头吃饭，含糊地回答，不会。那时候我觉得这种暮气沉沉的地方离我过于遥远，反感于母亲跟我说这些遥不可及的东西。

可是现在谦爷或许就在里边。我坐公交经过时，不再只是一路玩手机，而会在养老院前后抬起头，望向那栋破旧的楼房。楼房的墙面开裂，墙角是干枯的爬山虎，窗户里伸出晾衣杆，挂着上个世纪的衣物，同楼房一起褪色。楼外有个园子，被大门到楼门的路分为两半。一半总是些老人，坐着轮椅或拄着拐杖，另一半每隔一段时间便会升起火堆。

我这才想起，我的小区外也是如此。某天我在小区门口下了公交，一个黑色垃圾袋被风吹得鼓起，在人行道上翻滚着，撞瘪在我的身上。我将其揉成一团，随手丢出去，很快它又鼓了起来，翻滚着过了马路，在另一侧人行道上翻滚着。我顺着它飞来的方向看去，是一个火堆，浓浓的黑烟升起，似乎笼罩住了整个小区。

我没有再找过谦爷。

初三下,我被挺远的一所高中预录,父母便逐渐收拾起了东西,只等我毕业就搬去高中边上,可我却终日心神不宁。某天放学路上,我远远看见又起了新的火堆。走近,地上是一些衣物、旧书,和那个熟悉的签筒。边上几个人手臂上绑着白布,其中三个我在谦爷家中见过一面,其他我从未见过,大概也是衣物主人的亲属。他们都不说话,只是漫不经心地挑着东西丢进火堆。

"这是烧死人衣服的。"我想起谦爷对我说的第一句话。

我是他的学生,可以带走这个签筒吗?我问。

拿吧拿吧,都是没人要的。男人看了我一眼,似乎对我还有些印象,便随口答应,边说边挑着衣服。

我拿起签筒,在火堆前跪了下来,右手拨过竹签,被火烤得温热。对谦爷的记忆首先在手上出现,而后不可阻挡地传入脑海。我慢慢摇起签筒,竹签碰撞和火星炸裂的声音混合起来,盖过了所有。

一根签飞了出来,掉入火堆,竹签一下子裂开一条缝,缓缓燃烧起来。

我磕了三个头,站起身来,向几位家属道谢,离去。

第九十四签（签名：伯牙访友），我知道，想必谦爷也知道。

君子莫体小人为，事若差池各是非。琴鸣须用知音听，守常安静得依稀。

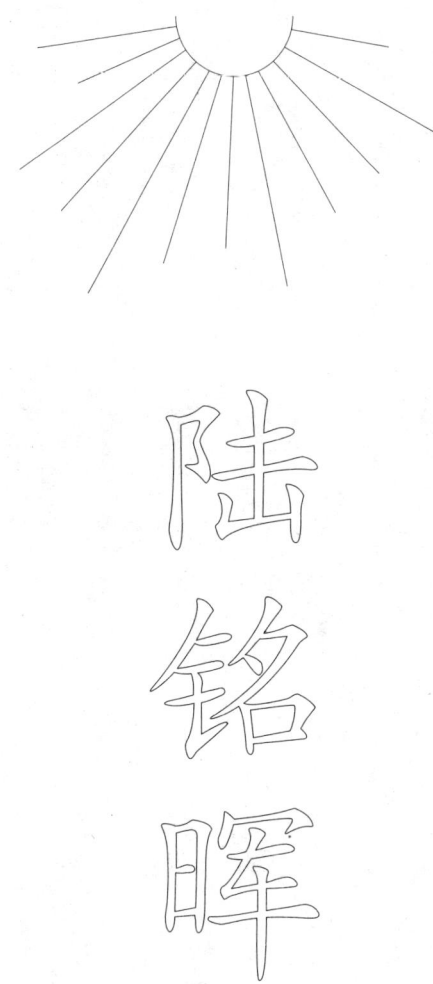

阿里阿德涅

陆铭晖

九号楼像一座宫殿,美院的学生这样想。学生涌入这座仿佛大理石砌成的迷宫,每一处拐角都通向炎热、未知且随机的一隅,走廊规整且曲折,走廊时窄时宽,他们在直线与拐点之间迷路,被数不清的走廊吞没,然后迟到。九号楼就像生活一样琢磨不定。

美院的学生把九号楼称为克里特迷宫,他们幻想在九号楼杂乱繁复的房间里有那么一间常年紧锁,门后住着迷宫怪物米诺陶。这是一个颇具幽默感的传说,曾有无数学生在夜晚的九号楼寻找米诺陶,最后被困在迷宫中再也没能走出,倘若你在通宵教室过夜,你会听见走廊尽头传来被困学生细微的呼叫,时而细长时而清晰,从走廊的一头湮没,从另一头出现,幽长而恐怖。

九号楼的历史很短,它由美术学院自行设计,综合古典与现代的美,它的窗玻璃崭新整洁,天台的地面贴着墨黑的防水涂层,栏杆尚未生锈。它没有任何理由承载这些荒诞的传说,一切洁白而清晰,一尘不染。

陈军在那个夏天闯入九号楼天台,他相信自己是第一个来到天台的,这栋建筑从高处看表里如一,整体呈暗红色,与周遭的教学楼格格不入。他站在黑漆漆的防水涂层上俯瞰校园,俯瞰树林、草坪、自行车和三号楼庞大而庄严的穹顶。他一度感到自己的身体在变轻,这种感觉很奇妙,仿佛他第一次看到天空,他同这座建筑融为一体,复杂而洁净,一样同整个校园格格不入。夏天酷热不堪,蝉声从各个方向传来,陈军倚着天台的矮墙吸烟。

陈军在傍晚见到俞小小,这是后来的事了。在此之前九号教学楼顶只有陈军一人,暗红色的俞小小出现在楼梯间门口,阳光穿过她的脖子在三号楼后消失,晚霞逐渐熄灭。

陈军来自南方一个闭塞而沉闷的小镇,他在九月进入美术学院的大门，一座同样闭塞而沉闷的迷宫。美院的学生像九号楼一样同整座学校格格不入，生活在点线之间，骑车，行走，听随身听，在九号楼迷路，听课，趴在桌上沉睡。陈军的生活无非如此，他有一辆蓝色单车，右手刹车失灵，他骑在车上用左手吸烟，每个清晨，烟雾划过相同的轨迹。

陈军花三个月时间记住了大门到天台的路线。九号楼的结构其实并不复杂，已知的地点都能被刻意记忆，其余的地方仍旧未知。这是九号楼的特别之处。克里特迷宫没有地图，美院有一千个人就有一千张九号楼的地图，这些地图无非是同一个印象的加深，点线分明，不成系统。

陈军最常去的地方是二楼教室，其次是天台，天台独属于陈军的地图，没有人清楚九号楼的全貌，陈军也不能。起初他只在没有课的午后前往天台，拿起相机拍下各个角度的房顶。天台上没有第二个人，别的学生都找不到天台，陈军则与天台有一种说不清的缘分。他在天台吸烟，墙角散落着专属于他的烟头，烟在阳光下燃烧、嘶叫、熄灭。一场大雨，烟头在水坑中漂浮。陈军打着伞，雨雾迷蒙。

陈军的生活在往常两点一线的基础上多了一点。进驻九号楼的第二年，他翘了星期五的通识课来到天台，放下板凳和油画架，开始记录九号楼顶的天空。楼顶的天空与楼下的天空不同，他很早就发现了这一点，天空除了蓝色和白色之外还有一点别的颜色，这种颜色十分神秘，无法被具体表达。

陈军是在冬天的傍晚见到俞小小的，此前他已完成了两幅画作，夏天的云和秋天的云，他正构思冬天的云，在墙边吸烟，焚烧废稿，火焰舔舐纸张。俞小小在通往天台的楼梯口出现，她穿一件暗红色长裙，颜色与建筑和晚霞融为一体。俞小小的出现出乎陈军意料，却毫不突兀，他从没见过其他学生找到过天台，如果不是俞小小，好像天台是他一个人的属地。

现在俞小小悄无声息地站在门前，陈军当然不知道她叫俞小小。俞小小走过来，陈军看见俞小小的脸。俞小小的脸如同她的名字，眼睛小，嘴巴小。

俞小小从没来过天台，她说，她沿着三楼的楼梯往上走就走到了天台，天台有两个入口，一个在三楼，一个在四楼。俞小小看见一个男人在画架边吸烟,这个男人就是陈军,陈军觉着她像是从画里走出来的。可是俞小小说她来自摄影专业二班,教室是307。

现在天台上常常出现两个人。陈军觉得俞小小很奇怪,似乎天台对她也有一种吸引力,她常年穿一件暗红色的裙子,从衣领到鞋子都是暗红色,她的脖子上有一颗痣,这是陈军后来发现的。他与俞小小相处得很平静,他在天台中央画画,吸烟,站起来走动,俞小小靠着不远处的矮墙,戴着随身听的耳机,时而背对陈军,时而看陈军画画。

天台像一个独立的空间,这里的时间以它自己的方式流动。陈军这样想。有时他觉得天台上空的云层并不移动,俞小小也不动,远处一群鸽子划过天空。太阳在天台上当空照耀,在别处没入大地。

有一天陈军问俞小小,你不用上课么?

那天下着雨,冬天的雨冷得刺骨,天台上的雨与别处的雨无异。陈军打着伞,俞小小也打着伞,风很大,风把俞小小的伞吹成斗状,她费了很大力气才把伞收拢。俞小小说,你好像也不上课。

陈军有时会在天台待到很晚，天台已经彻底融入他的生活，不锈钢栏杆，黑色防水涂层。月亮星星爬上天空。俞小小在陈军之前离开，她与陈军告别，暗红色的背影走下楼梯。陈军待久了就下楼到三楼的通宵教室，找一张桌子睡觉。深夜的九号楼像迷宫，迷宫并不恐怖，没有幽长的呼叫，没有米诺陶，只有陈军的脚步在充满现代感的走廊回荡，这边响起，那边熄灭。

有一天俞小小在天台上对陈军说，你给我画一幅像吧。地点在天台，蓝天白云。陈军说用不着，你自己就是从画里走出来的。

天空除了蓝色白色之外还有一点别的颜色，现在陈军知道，这个颜色是红色，一点红色像滴在画布上，和谐而明亮。陈军为俞小小搬了一张凳子，在午后温和的阳光里等待一朵红色的到来。他不知道俞小小的名字，不知道她的电话号码，不知道她的宿舍楼号，俞小小像约定好一样在下午神秘地出现，在夜晚离开。

因为俞小小始终是红色，陈军觉得她神秘。他萌生出一种怪诞而不洁的冲动，在每一个有俞小小的下午的天台。他想知道小小红色外壳下真实的东西是什么样子，换句话说，小小红色长裙下真实的肉体是什么样子。这个想法来得很突兀。他问俞小小，你为什么总是穿一身红色。俞小小不说话。

美院举办元旦晚会，大厅位于九号楼四楼，学生们在迷宫的各个角落兜转，汇总，流入深色的大厅。陈军在大厅寻找一个暗红色的背影，小而美好的眼睛。

灯光熄灭，红色幕布打开，舞台上演着忒修斯杀死米诺陶的剧目。阿里阿德涅告知忒修斯逃出迷宫的方法，忒修斯手持线团走入迷宫，米诺陶登场。饰演米诺陶的学生头戴牛头面具，手持酒杯，身边有七对受缚的童男童女。

陈军听见一个声音叫他，同学，穿褐色马甲的同学，在天台画画的同学。

忒修斯溜到米诺斯身后，手起刀落，舞台上响起音乐，台下有掌声。

陈军回过头就看见俞小小，俞小小正起身离席，这抹红色在人群里很耀眼。她示意陈军跟着她，径自挤出人群。

忒修斯杀死米诺陶这一幕已成为美院的经典，美院同学的趣味黑色且充满仪式感，每年都会有一班新的学生上台表演，一个新的忒修斯，一个新的米诺陶，一如既往的牛头面具和酒杯，一如既往的手起刀落，不同的忒修斯念着相同的台词：我敬爱的雅典臣民，我愿意用自己的肉体喂食可怕的怪物米诺陶诺斯，以挽回我父亲的声名，尊敬的父亲，我意已决，我将杀死牛头怪物，换回雅典的安宁。

俞小小走得很快，陈军看着暗红色的背影跑出大厅，黑色的辫子上下跳动，四楼往上就是天台，转角处豁然开朗。那天夜晚很晴朗，星星闪烁。俞小小拿着一只DV机，陈军跨下台阶，俞小小就拿着DV机对着他。

陈军笑了，俞小小也笑了。陈军问她，来这里干什么？俞小小说，你信不信我骗了你，我不是从三楼上来的，也不是从你的画里跑出来的。

陈军说，当然，你是从四楼上来的。

俞小小说，九号楼的迷宫深处关着一只牛头怪物。她把左手比成一个"六"放在头顶，假装是牛角。

陈军说，我知道，米诺陶。他看着俞小小。俞小小说，院领导每年要挑选七对美院的男女学生，捆起来进贡给牛头怪物。

陈军说，我知道了，你就是被捆起来的贡品，逃出来了。

俞小小说，你怎么不觉得我是牛头怪物。

陈军正式决定给俞小小画一幅画，这样她就不再只是蓝白色天空下的一点暗红。他调配出五种不同的红色，可是俞小小的红色与之皆不相同。他挑选了一个下午，阳光明媚，那时俞小小的红色最为鲜艳且热烈。

俞小小的秘密发生在陈军之前，她的确骗了陈军。她第一次登上天台的时候没有陈军，天空阴翳，天台的正中央有一架钢琴，俞小小也许会弹钢琴，也许不会，一直到冬天以前，俞小小的手指抚过琴键，琴声在天台传得很远。然后她在一个傍晚见到陈军，画架代替钢琴。烟雾升起。

陈军靠在墙边吸烟，他在画布上勾勒出俞小小的轮廓，小小的眼睛，小小的嘴。

俞小小也要吸烟，所以现在墙角除了陈军的烟头，还有俞小小的烟头，这些烟头看上去没什么两样。陈军问俞小小什么时候学会的抽烟，俞小小说刚才。

俞小小说，你们学绘画的人，总是有一种气质。

陈军说，搞艺术的都有一种气质，绘画是艺术，文学是艺术，音乐是艺术，我不是绘画专业的，我的专业是工业设计。

美术学院的学生像九号楼一样与整个校园格格不入。陈军想。在我们的身上有一种诡异的割裂，现实与激情相撞，沉默地坠入湖底，又漂浮上来。

夜幕笼罩的时候，陈军完成了俞小小的画像，暗红色的俞小小背靠矮墙，墙外是蓝白的天空。俞小小盯着画像看了很久，好像在照镜子。陈军看着俞小小，天黑得安静，俞小小说，我总觉得有什么地方不像我。

俞小小的脖子上有一颗痣，到这时陈军并不知道她的脖子上有一颗痣。九号楼像一个迷宫，俞小小突然跑开的时候，陈军的视线仍停留在那幅画上，暗红色的背影钻进楼道，陈军喊她，你要去哪，他不知道她叫什么。

俞小小和陈军在迷宫一样的走廊奔跑，直线到直线，走廊时宽时窄，时而灯火通明，时而黑漆一片。陈军在后面喊，你要去哪，你要去哪。俞小小不说话，声音从身前扩散，又从身后传出。走廊的地面不再是地面，陈军觉得自己踩在一种软绵绵的东西上，感受不到腿脚的存在，然后升起，然后漂浮着前进，也许九号楼就是一个迷宫，迷宫深处居住着牛头人身的米诺陶。可是陈军没有手持线团，他不知道俞小小是什么，他不知道自己要杀死什么，拯救什么。俞小小把他引入迷宫深处，她的红色发带脱落，头发散开，不停奔跑。

忒修斯带着七对童男童女驾船登上克里特岛，他在迷宫入口派使贡品进入，并高喊米诺陶诺斯的名字，说贡品已经带到。随后忒修斯手持线团走入迷宫，迷宫的墙面阴翳潮湿，布满苔藓，迷宫深处传来米诺陶的吼叫。

陈军截住俞小小，他不再漂浮，走廊昏暗不堪，两个人面对着面大口喘气。俞小小的黑发散作一团披在肩上。陈军喘着气问她，你跑什么呀。俞小小不说话。陈军说，你别跑了，你跑得太快了，我真追不上你。

俞小小笑了，边喘气边笑，她转身钻进一间教室，陈军也跟进去，他对这个夜晚的一切感到陌生，他对俞小小感到陌生，毕竟他还不知道她的名字。他看见月光漫过窗子浸没整个房间，香樟叶的倒影，俞小小立在中央的日光灯下，长裙红得鲜艳。

忒修斯在迷宫深处的房间窥见牛头人身的米诺陶，房间为铁栏包围，米诺陶坐在房间中央，四周是受缚的童男童女，火炬跳动映出米诺陶公牛的眼睛。忒修斯手持匕首绕到米诺陶背后，米诺陶举起酒杯，忒修斯将匕首向他的后颈刺去。

俞小小说，我要你给我画一幅像。陈军说，我已经给你画了一幅像。俞小小不喜欢那幅像，画像的脖子上没有痣。陈军在门口打开电灯，日光灯闪烁着充满整个房间。他说，我的画架还在天台上。

忒修斯开始同米诺陶搏斗，牛头人身的怪物倒向地面，发出绝望而凄惨的吼叫，迷宫的大地在震动，米诺陶双眼圆睁，发狠地盯着忒修斯，血液从脖颈喷涌而出。

一定程度上，九号楼的结构并不错综。陈军回到天台，走廊不像通常那样冗长复杂，宽窄不一，脚步声结实幽长，这使他感到一种不真实，九号楼不再像一个迷宫，陈军不再像他自己。他走到天台的星星下，取走画具和画架上的俞小小。飞机飞过天空。烟头散在墙角，像星星一样闪闪发光。

俞小小要陈军帮她画像，她站在教室的中央脱下一身红色，再是脱下白色，流畅自然，衣物从她的皮肤上划过，皮肤在月光下显得白皙。陈军带着画架回到教室，日光灯熄灭，俞小小站在中央，乳白色的月光浸没全身，仿佛教室中央立着一尊雕塑。陈军围绕俞小小走了一圈，他发觉俞小小身上的每一个部分都恰到好处，散发着年轻肉体的美好，俞小小不像俞小小，像月光下抽象的树的影子。红色长裙散落地面。他把画架立在一边，他不再费尽心思调出五种红色，俞小小背对着他，月光布满她赤裸光滑的背脊。

米诺陶死于刀下，牛眼睛黯淡无光，忒修斯解开了童男童女的绳子，教他们沿着绳子走出迷宫。

陈军觉得俞小小像一朵月夜开放的玫瑰。俞小小说，你一定没有像这样画过画。陈军说，从前绘画课的时候，老师请来一个衰老的女人做裸体模特，女人站在无数画板中央，我佩服她的那种从容。可是后来我觉得，画这个老女人还不如对着镜子画我自己。

俞小小把头转过来，现在她的半边前胸没入月光，她扎着整齐的辫子，红色发带。她问陈军，你觉得我好看么？说实话。

陈军说，不好看，但是美好。

陈军给俞小小讲一个神话，厄洛斯用铅箭射中达芙妮，用金箭射中阿波罗，阿波罗追逐达芙妮穿越山川和原野，达芙妮在河边耗尽力气，阿波罗的脚步逐渐逼近，他的呼吸像火，沉重热烈。

直到这里，陈军还不知道俞小小叫俞小小，俞小小还不知道陈军叫陈军，时间在黑夜中流动。陈军和俞小小隔着一面画板吸烟，烟头与烟头碰撞，火花传递，两颗星星在画板的两头忽明忽暗。

达芙妮绝望地向父亲珀涅俄斯求助，祈求大地将她吞没。父亲成全她的祈求，把她变成一棵月桂树，金发长成树叶，双臂成为树枝，双脚生出根须，美丽的头颅被浓荫遮蔽。阿波罗抱着月桂树哭泣。

陈军持续作画，一支接一支地吸烟。俞小小说，有一件事，夏天我就要走了，这件事我要趁早跟你说。陈军不说话。

俞小小说，在天台的日子很愉快，我要谢谢你为我作画。

忒修斯顺着毛线的方向走出迷宫，一手举着火把，一手提着米诺陶的头颅,他在迷宫的入口见到阿里阿德涅,并带着阿里阿德涅乘船离开克里特岛,太阳从左手边落下,晚霞在水中燃烧。

陈军和俞小小在九号楼底层大厅道别,凌晨四点,黎明密不透光。陈军追上俞小小,这是他第一次送俞小小回寝室。俞小小跨上一辆女式单车,陈军在车棚的末端找到自己的单车,然后追上俞小小,两个人并排骑行,迷宫一样的九号楼被抛在身后,在月光下静谧而突兀。

陈军感到一种自由,好像他第一次骑车。他问俞小小,夏天你要去什么地方,我跟着你,你去哪我都跟着你。

忒修斯驾驶船只途经纳克索斯岛,命运女神在睡梦中告诉忒修斯,他与阿里阿德涅的爱情不被祝福,他们的结合只能带来厄运。忒修斯在黎明醒来,在第一缕曙光照亮大地时驾船离开纳克索斯岛,留下阿里阿德涅在岛上沉睡。

陈军在九号楼收获一种朦胧的东西,他相信这是爱情,爱情是红色的,暗红变为鲜红。爱情给他的天空添了一种颜色。没有这种颜色天空就是乏味的。陈军憧憬这点红色的未来,黎明第一缕曙光。

可是俞小小说，我不想在九号楼发生爱情。说这句话的时候她与陈军在宿舍楼间的十字路口分别，黎明很黑，红色很暗，陈军点上一根烟，俞小小的背影在路的尽头缩小，缩小，成为画布上一个点，然后俞小小在拐角消失，画布上的点也消失。烟头在脚下熄灭。

陈军带着他的画板回到校园，围绕九号楼缓慢骑行，加速，面向月光，一手举起画板，双手高举，自行车一圈一圈冲向日出。

陈军的画布上是俞小小的背影，肌肤白洁如月，脖子上有一颗痣。这幅画的背景是一片暗红色的迷宫，就像九号楼，直线与拐角，大理石砌成的捉摸不定的生活。

陆铭晖

自行车王国

在我的童年时期,自行车于我有一种神秘的吸引力,这种两个轮子的代步工具具有比我长得多的历史,以及巧妙的机械结构,人们骑在两个轮子上出没于大街小巷,我在台阶上望着这些车轮来来往往。

十二岁时我第一次学会驾驭一辆自行车。街上的小恶霸推着他亮闪闪的铁架子穿过街道,周围是一群孩子,小恶霸只让人看他的车,不让碰,碰一下要给一颗糖,给十颗糖就能骑一回。我真的很喜欢自行车,那时我说,我不会骑车,我也没有糖,您就让我摸一回。小恶霸说,不让。

小恶霸领着一群孩子骑车的时候,我偷拿父亲的大自行车,坐在横梁上学会了骑车,过程很坎坷,我把父亲的自行车磕掉许多漆,父亲发现了,一声不响。我以为他会打我,后来他说要亲自教我,等我长大了一定要给我买一辆自行车。

父亲的愿望没有成真,我的第一辆自行车来自小叔,我也不知道小叔为什么要送我自行车,一辆自行车不便宜。我推着自行车去见一个姑娘,姑娘告诉我这是变速自行车,能挂三挡,还是折叠的,价格极高。

我推着自行车同这女孩去商店买各式各样的糖。女孩比我大一些,个头也比我高。我只可惜那辆变速自行车不能带人。现在我想起来了,女孩叫陈婷,一年四季穿裙子。除了女孩之外,我还加入了小恶霸一伙的自行车队伍中,很是拉风,小恶霸欣赏我的自行车,我把车蹬得飞快。我和小恶霸成为朋友,我们骑着自行车在队伍最前端,小恶霸戴着墨镜,样子像大人,我们骑出城门,在空荡的门洞下大声喊叫。

从小我的优点不多,我最擅长的事情是拍马屁和沉默。我记得帮小恶霸买烟的情形,那时我们已认识有一段时间。商店的老头仰面看着电视机,我说我来买香烟,老头什么也不问，我说我来给我爸买香烟，老头认识我爸，他眯着眼睛从货架上取下一个白色金边的盒子，九块钱。我的沉默有所回报。我带着那只金边的盒子找到小恶霸的时候他正与别的小孩打弹子，玻璃珠碰撞，他回过头看我，目光带有赞许。

我认识到自己身上带有一种老实人的亲和力。小恶霸拍着我的肩背说，往后有什么事情大哥罩着你，放心吧。小恶霸言而有信，那之后我一直为他的这句话深受感动，我也为自己的办事能力深受感动。

小恶霸在街角的公共厕所门口教会我吸烟，我们单手骑车，另一只手捏着烟嘴，穿过城门，沿着开阔的水泥道路一直向前。小恶霸说城门外有一处土包，这件事只有最好的弟兄他才同他讲，现在我就是那个好弟兄，好弟兄要在山包上面对着夕阳结拜，高声宣誓，好像小学里第一天戴红领巾那样。小恶霸为首的好弟兄们要在口袋里时刻揣着一块香烟牌子作为徽章。

我很仰慕小恶霸，但我也不明白自己究竟是怎么与小恶霸成为兄弟的。给我留下极深印象的事发生在那年冬天，有关高个女孩陈婷。小恶霸在一个明媚的日子找到我，耳朵上别了一支烟，他说他预备追求陈婷，来找我询问对策。我说你的办法还少么？

我感到这是一个机会，一个使我树立形象、半只脚踏入社交生活的机会，我在小恶霸面前、在孩子们面前从此就有了形象。我没有告诉任何人我对高个女孩所有的情感，后来我一度忘掉了高个姑娘的名字。我把小恶霸耳朵后的那支烟摘下，告诉他有关高个女孩的事包在我身上。那个姑娘叫陈婷。

这件事发生在我的童年，我还依稀能记得那个女孩坐在小恶霸自行车后座的情形，那个形象纯洁而真实，冬天下雪了，她围着白色的围脖，像雪一样，车辙在地上碾出一道浅色的印痕。我知道自己胸中某一块失去了什么，这就叫代价，代价换来的是我跟小恶霸称兄道弟，去游戏厅总是他请客。

难以相信幼小的我以这样一种功利哲学跨入生活。代价换来的好处还有很多。小学里的恶霸分为两种，一种恃强凌弱，三五成群堵着别人要保护费，一种如王成虎，也就是上面提到的小恶霸，他的身上存有一种侠义和痞气的结合。我凭借阿谀和沉默的本事躲在小恶霸背后，生活平静。

我是一个胆小而擅长沉默的人，我的自行车在大街东面与一辆高级轿车发生剐蹭，开车的男人赤裸肚皮，面色凶狠，我沉默得像一条鱼。那天夜晚小恶霸带着人从巷子里蹿出，用砖头把轿车的玻璃敲得粉碎，手法极其利落，碎玻璃像夜晚天上的星星。我在窗边欣赏一场手电筒织成的灯光秀，男人出现，气得像一只烂柿子。

代价换来的东西超越利益，我很早就体会到了这种哲学带来的快乐。升入中学的时候，小恶霸与我走上了两条不同的道口，我坐上三路公交车向西踏入重点中学的校门，小恶霸向东进入一所末流初中。我与变速自行车的故事告一段落。小恶霸和我在城门下道别，回声荡漾，有人在城门上向下扔土。小恶霸戴着墨镜面无表情。两个天真的孩子在夕阳下告别。

那个叫陈婷的女孩也在县重点中学，据我所知小恶霸与她依旧保持着往来。不止一次我在校门口见到那个戴墨镜骑变速自行车的身影，他把头发梳得直挺挺。我老远喊小恶霸的名字，王成虎，我说你真他妈威风，像个将军。

将军告诉我，从前一道玩的小孩儿现在全不见啦，一群没良心的。他在那所末流学校结识了一批新的哥们儿，可是人心不古，小恶霸不再是从前威风的小恶霸。

我看着王成虎骑上他的变速自行车，陈婷背着书包从校门走来，坐上王成虎的后座。我与王成虎道别，望着他点上一根"大前门"，脚蹬自行车扬长而去。

县城里通了高铁站，二〇〇九年，父亲给我一台用旧的摩托罗拉手机。在城门下偶见王成虎的时候我们互留了电话号码，我给他拨去电话，他的铃声是《上海滩》，城门下回声荡漾。王成虎邀我一道去网吧，那时的网吧管得不严，王成虎把自行车泊在门口，我发觉他的车保养得很好，锃光瓦亮。我们两个中学生走进网吧，王成虎在耳朵后边夹一根烟。我们在玩《魔兽世界》时谈论人生，这是我第一次与人谈论人生，我记得王成虎的梦想很伟大也很不具体，闯荡江湖，他说完这句话忽然起身冲出门去，有人撬了他的自行车锁，他拾起砖头追着偷车贼跑，我跟着他跑，两个个头不大的中学生沿着马路飞奔。偷车贼被一辆汽车撞倒。

从某一刻开始我对生活的意义感到不解，不像王成虎。我从家里找出那辆布满灰尘的变速自行车,还有一把旧口琴,生锈的车链一圈一圈,我在书店买了一本曲谱,对着曲谱上的符号断断续续地吹。我单手扶着自行车把,另一只手握着口琴,一遍又一遍地吹"玛丽有只小羊羔"。我的少年时光在这种沙哑而单调的音符中度过,初中毕业档案上添了一项,"乐器特长"。

后来王成虎进了职校。初中毕业,我顺利凭借体育特长升入省一中,那个叫陈婷的女孩也进入了省一中。我很少与陈婷联系,以及王成虎。有时候QQ上线,我看到王成虎的彩色头像,他的昵称一如既往像他的性格一样不羁,窗口抖动,我得知他与陈婷的关系依旧持续。那个叫陈婷的女孩留着长长的头发,辫子梳得很高,双手揣在兜里,走路像一只小兔。

有时我很敬佩王成虎身上的某种特质,他不像将军,而像一个浪漫的骑士。来到省一中的第二个月我又在校门口见到王成虎的身影,他骑着自行车穿过半个大半个省城,停在路边,围着黑色围巾在自行车上吸烟,他穿着一件干净的大衣,头发往上竖。我吹着口琴在他的面前停下。

我说:"认不出我啦?"

他说:"吹上口琴啦?"

我说:"随便吹吹。"

王成虎在一中的校门口等待陈婷,这件事像一个伟大的传统。我不知道爱情是什么东西,因此我觉得王成虎和陈婷之间的东西就是爱情。陈婷从校门中随人群走出,坐上王成虎的后座,我同他们道别,夕阳西下,路灯昏黄。

自行车在一中的校园里随处可见,高中生骑着车从一处赶到一处,车流汇集、分散,有人飞奔,有人停下,有人跌倒。一中的校服是蓝色的,人群是一片灰色的蓝。我吹着口琴吹来了一个短发女孩,蓝色校服,她提着一只白色的布袋,笑容天真。她觉得我那沙哑而单调的吹奏很好听,我们在草坪上坐下,她叫吴英,如果我那时看过《城南旧事》,我一定会觉得她很像小英子。

我携着口琴在教学楼下等待英英,这个动作的意义不大,我没敢约她,全凭运气。我很少遇见英英,一次黑夜升起的时候英英走出教学楼坐上一辆崭新自行车的后座,骑车的男孩面色白净,五官匀称。我躲在光秃秃的树下吹奏沙哑的曲子。

我感到很失落，我与王成虎不同，我用沉默消化着一切。我骑车赶往宿舍，沿途一色的洗脚店亮着霓虹灯。穿着裸露的女人站在玻璃门后，暖气糊上玻璃。我给王成虎打电话，他教我要有胆量。小白脸有自行车，你也有自行车，你会吹口琴，小白脸会吗？

但是小白脸是学生干部，小白脸有个富有的父亲。所以我告诉王成虎，你不懂，你想得太简单了。

他说好兄弟，这么久以来你身上总有一些东西我看不懂。

我说好兄弟，你一直没有变，还是原来的样子。

我不再等待吴英，吴英从我的思想中溜走，理所当然。自行车成群，行驶，停下，聚合，分散，跌倒。我骑车在校门口跌倒，短暂疼痛后又跨上车座。

从某一天开始，我意识到自己很久没有见到王成虎了，他的QQ难得上线。一中里陈婷的影子常常飘过，傍晚我骑车在陈婷面前停下，试图看清她的脸。我不知道如何开口询问关于王成虎的事。我问她，你下课了吗。我和陈婷并排走出校门。她扶着长满苔藓的墙根呕吐。

墙根下我推着自行车，陈婷掩面哭泣，抬头时面带苍白的笑容。

那是一个冬天，下雪，王成虎带着一帮人在巷子里跟人打群架，被人用石头拍了脑袋，乌泱泱流了很多血，我见到他时他在医院，鼻青脸肿，没有戴墨镜。王成虎告诉我他的自行车被巷子那帮人砸了，丢入河中以示羞辱。窗外雪如鹅毛，有那么一瞬间我感到王成虎不再像一个骑士，现在他正坐在我面前的病床上，头顶一圈一圈缠满绷带，眼眶呈黑紫色。我说外边下雪了，你要不要看看。

王成虎问我，陈婷怎么样了，过得还好吗？

我不知道该不该告诉王成虎陈婷的事。我想把许多传闻和盘托出，这样一来王成虎就不再有小恶霸的颜色，我第一次生出一种不好的念头，原来自己可以如此轻易地击垮小恶霸，即使我始终认为他是很好的大哥。我所知道的有关陈婷的一切如下：学校发了通告，高二四班陈婷同学在校外生活作风败坏，乱搞男女关系，现学校予以开除处分，特此通告。

沉默了一会我告诉王成虎，陈婷很好，她还问我你最近如何，我说你也很好。

我曾在一个清晨听见摩托车的轰鸣，骑车的青年戴着蓝色头盔，那辆车呼啸着穿过街道，后座上坐着高个女孩陈婷，蓝色校服。青年摘下头盔，一头长发，眼神忧郁，二人在街角拥抱告别，晨雾萦绕，阳光穿过树杈。

同王成虎告别后的夜晚我做了一个有关自行车的梦，梦中我回到童年，阳光明媚，一辆崭新锃亮的自行车沉入河中，河水很清，我能看见沉没的自行车的所有细节。岸边围着一群孩子，自行车沉没的时候所有的孩子一言不发。梦里的自行车与河使我感到陌生，我的印象里县城的确有这么一条河，河离我家很远，水流发黑发臭，常常有家畜尸体飘过。

春天傍晚我在人群中看见满脸泪痕的吴英，自行车成群地聚散，乌压压的蓝色聚集，分散。我一只手扶着自行车一只手捏着口琴吹《茉莉花》。吴英的泪水被我吹走，她提着一只白色的布袋，我们坐在路阶上看着车来车往。

多年以后王成虎去大城市打工，我与他并不来往，他的QQ头像始终是灰色的，我得知的最后一个有关他的消息是,王成虎在城市遭遇车祸,醉酒的司机把他撞得半身不遂,在医院插着管子奄奄一息。

我给吴英讲述一个发生在童年的河边的故事。孩子们捞起一只上流飘下的死猪,尸体泡水肿得像气球,一个孩子破开死猪的肚皮,腐坏的内脏混杂着血水四面涌出,像生活一样淌进河水流向远方。

城外岛

孔喆

一

快起航的时候天变阴了,我和母亲站在码头上等船。

今天虽然是暑假,但因为是个工作日,人少得可怜。用来分隔人群的一圈圈迂回的铁杆寂寞地在海风中伫立着,我和母亲要在其中绕行好几圈才能到达船靠岸的地方。

母亲走在我前面,她举着手机不知道在和谁互相发语音,时不时地要停下来在语音的间歇发消息。她走得慢,我只好也跟得慢。我跟着她缓慢地移动着,她前方几乎空无一人,我苦于现状,感到有点烦躁。

今晨出来前,全市下过一场大雨。而现在又正是一年里最热的几个月之一,雨后的清凉没能多撑几个小时,很快又回复到了燥热的状态。过来的路上我就很烦躁,我一向极度痛恨湿热的天气,尤其是和泥土混合在一起的湿热夏季简直让我深恶痛绝。我低头看见我的白鞋上的泥点时简直是忧怒参半——刚刚出小区的那会,路边全是被雨水冲出来的泥土,它们细细地渗进了柏油路的每一丝纹理里头,而我们又不得不就这样走到地铁站去,这让我觉得相当丢脸,我总感觉有人在沿路不停注视着我这双被弄脏的鞋子,即便无人出声,也会用他们静默的目光明里暗里打量着我,想到这些我就感觉如同芒刺在背。我把对于鞋子的烦忧和母亲说了,她没把这当回事,在换乘的时候,我们经过了市中心地铁站巨大堂皇的中庭。

"你随便找块去蹭蹭鞋。"她指着附近几片人工的室内草坪对我说。

我当即感到我的羞耻值上升到了顶峰,我在坏天气和湿泥土加持下的爆脾气无法控制地发作了。我左右打量了一下,虽然我们出来得很早,但是这一站作为市中心重要的交通枢纽，总归还是有些人在站台里面等车或者换乘。我仿佛再次感受到了他们灼热的视线投射在我的身上，想到这一点我瞬间感到加倍羞耻。我本想用我的怒火表达我的不满，但是又不想在众目睽睽之下发作，我只得努力合上我的嘴巴，快步越过她，赌气般地冲向候车的站台。

"你不是嫌脏么？"对面的地铁飞速掠出站的时候，母亲赶了上来，皱着眉发问。

"我更怕丢脸。"我压低声音，语速飞快，一个个字从我的嘴巴里面蹦出来，冰冷而坚硬地落地，"你不觉得在那种地方这样做很羞耻吗？"

"死脑筋。"她看上去怒气值也飙升了起来，"我们小时候老是这样做，你看我少一块肉了吗？"

"人家看见了影响不好。"

"这有几个人会看你一个人？又有谁认识你呢？孩子，面子哪里值这么多钱？我和你几个姨还有舅以前天天在草地上蹭泥巴点子，可干净了。"

我嗅出了她语气里的恨铁不成钢，我本来想和她说一句"但是这里不是老家"，但是又害怕被母亲冠上强词夺理的由头训斥。我对她很熟悉,她此时的语气已经隐隐透露出一种急促感,倘若我再和她说下去,指不定会被说上好久。母亲是个说话很扎人的女人,我向来害怕和她发生争执,只好闭上嘴巴,将视线投射到别处去。我听见她叹了好几口气,心中愈加烦闷。

这种不悦感持续到出站,我才稍感缓和。这一站是我们乘坐的地铁的终点站,我们从家出发,一路穿过了繁华的市区,来到这个城市最偏远的郊区。从家到这边,字面意思上对我而言是从一个郊区来到另一个郊区,我以前也和父母打趣过,我们居住的地区太过偏僻和清幽,仿佛是被这个繁华城市遗忘的一个角落。但是拿这儿和家一比,也许是因为这儿在这座城的海边的缘故,自小这块地区还算有些名气,但它还是带着一种脱不去的贫瘠气息。年幼时,大人们就吐槽过这个区的基建很难跟上其他区——因为码头和地铁站所在的地区仅仅是这个区的一小块属地,陆地上的人得先坐上地铁,再换成船抵达这片区域的中心地带,也就是一座独立于这座城市之外的海岛上。

这片地区的贫瘠气息很好地消减了我出门到现在的

不悦感，我依旧觉得自己感应到了各种各样打量我的目光，但是完全没有刚刚经过中庭时的那种不自在感。脱离了繁华地区，我感觉那些目光像脱掉一层皮似的，对我再也造不成什么实质上的负担了。

但这会儿，母亲缓慢的步子还是让我再次焦躁起来。我试图伸手抢她的手机，母亲没有理会我，她把身子往旁边一侧，用力地把我往后拨开，继续聊她的去了。

"船快到了！"我用力地去戳她的后腰，夸大语气强调，顺势想再次去抢她的手机，"你快点放下来呀！"

母亲终于被我弄得不耐烦，她放下手机瞪了我一眼。

"不是还没靠岸吗！"她明显生气了，"我在和你小姨打电话呢，语音里面全是你的声音。她还问我是不是你，一点教养都没有的样子，丢不丢我的脸！"

听她发表这种言论时，不论是真的假的，我对于"丢脸"二字还是介怀得厉害。我只得闭上嘴，继续跟着她慢吞吞地挪动。

我们抵达舱口，乘务员先帮母亲把东西搬上船，然后再来拿我的。我站在舱门口，耐心地等待着她搬完东西后给我让出进船的空间。这时，天气之闷热已然达到了峰值,只要海边的风稍微弱上几分,闷热就会像缠身的恶鬼一样席卷上来。这种异常的闷热最终还是印证了它的异常,当我的半个身体探入船舱的时候,雨滴再次从天空降下。

船终于在雨中起航了。母亲依旧执着于她刚刚和小姨未聊完的语音。她的声音很吵,嘴里满是我一知半解的家乡话,此时在人流密集的船舱里,还是引来了不少当地人的侧目。

我此时已经无力去阻止她这种行为了,我塌下肩膀,微微弓起背脊,鼻尖贴上玻璃窗,试图看几眼大海的景致。但是雨天的逆风航行让我大失所望,这船的窗太小了,我实在看不到更多的东西了。母亲这个时候早已挂掉了语音,她刚刚去问了乘务员,大概还有 15 分钟左右可以到。

"一会儿记得有礼貌些。"母亲最后这么说,那会儿我已经能看见终点的码头了,"记得叫小姨好,叫表姐好,到时候别让妈妈再逼着你叫。"

"我会叫的。"我感到自己的声音满是敷衍,显得冷冰冰的。

"脸上要带点笑。"她继续说我,"长得白白净净的,一副富贵相,天天阴着张脸,年纪轻轻表情和老太婆似的。"

她说完这话没多久,船靠岸了。我没有对母亲的话语做出回复,她一边搬动行李,一边数落我。到此为止,我对这次出行的不满已然累积到了极点。我厌烦着自己本来就待在城市一角,过着几乎和这座城市快要脱节的生活。但是此时我却还是从这个城市的一个极点到了另一个极点,这种认知让我无端地开始期待回家的那一天。

二

母亲这次带我出来就是为了去小姨家里住一段时间。小姨的小女儿才出生几个月,她家里除了小姨父,还有一个比我大一些的表姐,虽说是比我大,但是也还没有成年,在照顾家务事这方面,未免有些心力交瘁。母亲这次过去,名义上是看望新出生的小姑娘,实际上是想帮着小姨照看一下家里。但我心里十分清楚,这种援助估计只能持续一段时间,我们家又不是家财万贯的大户，等我开学后，她又要回归家庭，扮演"我的母亲"和"我爸爸的妻子"这两大角色，根本没法为小姨一家提供长久的帮助。但是，母亲重视这种兄弟姐妹间的感情。我们不是本地人，小姨一家来这座城市能够安身并不是一件容易的事情，以我母亲这种着急上火的性格，哪怕能帮助他们分担一秒钟的压力，她也会立即抛下一切过来的。

但，和一众亲戚交流甚少的我，并没有像她那样浓重的感情。

小姨父站在他们家门口等我们，他个子不高，身形微胖，穿着件沾着白色粉尘的旧衣服，脸上挂着憨憨的笑容。母亲一见他，整个人很快进入了一种极度热络的状态，他们互相寒暄着往前走，我在一旁插不上话，小声地叫了声"小姨父好"，就再也没说话了。

母亲已经无暇顾及我是不是带着笑容打的招呼，她很快沉浸在和亲人重逢的喜悦里了，我孤零零地坐在屋里的一角，母亲坐在小姨床边，和他们一家子人兴奋地谈天说地。

我的表姐开学就上高二了，长我三岁多，出奇地听话懂事,据说她七岁就会做饭,家里什么活都会主动担下来。而且她极度聪明,母亲总是一口咬定她日后一定是那种上985、211大学的料,小姨也想让她有出息,她尽自己所能,模仿大城市里面的教育方式,给她请了一段时间的钢琴老师。

"姐姐越来越像个城市女孩了,对不对呀?"小姨抱着我的小表妹,对着我柔声说,"姐姐穿得真好看,说妹妹喜欢姐姐。"

那孩子睁着她圆润的、黑豆似的眼睛,一眨不眨地盯着我,嘴里发出一连串意义不明的音节,我也盯着她看。小姨的话让我很受用,被泥点和雨天毁掉的心情好转了些许,我快速地扫了一眼我脏掉的白鞋,感觉它们稍微顺眼了一些。

但是我很快就察觉到了无聊,大人围坐在一边谈论着各种杂七杂八的日常,表姐蕙蕙坐在我的身边。她身上带着一种和我平常交往的女孩子完全不同的气息,是那种乍一看就很干脆利落的样子。她的性子也不浮躁,一张娃娃脸显得活泼甜美,身量与我相仿,这些特质组合在一起让她看上去多少是个让人乐意与之相处的姑娘。

这样的气氛一直持续到了晚上,母亲让我和蕙蕙睡一张床。一直到我们走为止,我都要在她的房间度过。虽然房子是小姨一家租的,但意外的是,条件还不错。这边的房子和我们居住的普通房子不同,它是一间间独栋的平房,每一个房间里都有一道极小的门,打开走出去约五分钟,就是白沙覆盖的海滩。这里房与房之间的距离并不大,而且正门特别小,在人频繁活动的时间点里,伸出脑袋去看外头,几乎每一片墙面都是影影绰绰的。即便如此,但是这里的人并不吵闹,他们说话的语调非常温柔,这让我感到很舒服。

"那是你的课本么?"蕙蕙盘腿坐在床上问我。这会儿我刚刚洗完头发,正蹲在地上把我的东西一件件往外掏,她看见我把书掏出来的时候,眼睛就紧紧盯了过来。

"不是。是小说啦。"我把书递过去给她。

"我说呢,刚刚还在想,你们学校的课本居然这么漂亮。"她没有接过书,"你看你的呀。"

"我看过了。现在在看第二遍,你可以拿去先看。"

她接过去，粗粗翻过几页，然后又从头看起来了。她看得很认真，我也没有再多说什么，夹着枕头坐在她的身边。

"大姨会允许你看这种书么？"她忽然问我。

我听到她这话，转念一想，这书的内容对于她来说确实多少有点离谱。蕙蕙从小在老家被姥姥带大，据我估计，她能看的书无非就是课本那些东西，除此之外，离开老家出去打工的小姨和小姨父留给她的就是无穷无尽的家务。如果说硬是再有多一点的话，就是母亲有时偷偷背着我给他们家寄去的一些我已经不爱看的课外书了。

我回复了肯定的答案，母亲在这方面管得非常宽泛，她的教育模式就是主张大量读书，我如今手中拿着的这种奇幻小说她也异常宽容，甚至鼓励我来看。我看见她的表情有点惊异，心中不免对她产生了深切的同情。

三

第二天母亲帮我刷了鞋，但是鞋子还是留了些痕迹，母亲说到时候回家拿家里的什么剂给我再刷一下，让我先凑合一段时间。倘若换到平时，以我糟糕性子大概会跳起来乱发一通脾气，穿着这双鞋子走在外面，我会因感受到那些注视着我的目光而焦虑。

但是现在这座岛上的氛围，让我暂时感受不到这些注视。因为这座岛和城市的割裂，这里的人除去当地人，也有相当一部分像小姨家这样的外来者居住。这些人的目光几乎不会投射在我身上，他们总是行色匆匆，忙于节约出每一秒时间来完成他们的工作，根本没有时间来看我。这种发现让我自然了不少，在外面走动的时候，我的背脊也挺直了很多。

小姨父在一家厂里做工人，一般都要工作满一天才能回家。但是为了省钱，他一般都会回来吃午饭。原本是小姨在家做饭，但是现在才有了小表妹，这件事情按理应该落在蕙蕙的头上。小姨却执意要她陪着我，她的事情就由母亲来代劳。在他们眼里，我虽然是个女孩子，但是他们没有拿看农村女孩子的那一套来看我（尽管他们如此对待蕙蕙），他们觉得我是母亲的独女，而母亲又是在城市里头教养我长大，所以过着相对优渥生活的我，好像生来就比农村的女孩子金贵些，应该得到独一份的宠爱。

因此蕙蕙受她母亲的指示，把我领出去玩儿。

在这片土地上，基督教明显更受当地人推崇。本地唯一的教堂是一座规模不小的建筑，我可以从它的外墙上看出它已经呈现老态，但是由于在本地拥有不少信徒，这座教堂还是被打理得不错，外墙是古朴的深棕色，缠绕着密密麻麻的爬山虎，颇有些历史积淀的味道。教堂的很多部分都是对外开放的，今天不是周日，人也不多，我们在大厅里面慢慢地转了一圈之后，就沿着螺旋阶梯走向楼上的露台，眺望远方的景色。

教堂所处的地势比我们的住处要高一些，远处是大片的森林，我们坐在被余晖笼罩着的木地板上，只要稍微伸长脖子，就可以看见森林尽头模模糊糊的海，在海的稍高处，那轮红日以极度缓慢的速度下落着。教堂楼上的窗子很小，我们两个人如果挤在一起去看落日的话，几乎看不见全景。蕙蕙侧过身体，让我先看。

"你不来看么？"

"我已经看过很多遍了。"她以一种包容的口吻说道，

"你看吧。"

"搬来前我妈就信了教。"她继续说,"大概有快11年了,小点的时候我爸不在家,她就老是带着我过来。"

"那你以后也会考这里的大学吧。"

"应该不会的。"她应得非常快。

"那就是回老家咯?"

"我妈是这样安排的。回到老家高考、上大学,等我妹到时回去念书了,再去带她。然后在那里找工作,再找一个当地门当户对的男朋友。"她顿了顿,"而且我的户口在那边,高三还是得回去高考。"

"如果你能读这儿的名校呢?你看呀,现在跨海大桥已经在修了,以后要通勤的话,也是很方便的。"

"……我不太想。"

她两种版本的答案让我有些摸不着头脑,我姑且认为都存在着二者皆有的意思。如果我能有她那样考上本市985的本领,我妈一定会高兴地连声说我狗命好、老天爷开眼了之类的话。小姨的想法我多少能模糊地理解一点,因为在她小学学历的认知中,世界上最好的大学是他们市仅有的一所本科,要是能考进去,在乡里乡亲之间都是至高无上的荣耀。这样就可以顺理成章地找到本地最好的工作，以及优质的男朋友，依托着从老一代开始建立的人脉，在当地建立起一个牢固的社交圈来。若是换成我，我必然不会如此乖顺地任其摆布，这样还不如高考发奋，考得远远的。

然后我开始考虑后者，脑子里灵光一闪，忽然觉得她在某些方面能和我一拍即合——她不想留在这里，应该和我一样，已经厌倦了这种生活了。我住在这座城市陆地上的另一个极点上，我家和这里之于这座城市，就像南极北极之于地球一样，都是寂寞、荒凉、遥远的存在。如果每天晚上九点过后出门的话，基本上没几家商铺是开着的。如果想去远些的地方玩儿，即便在本区，也得坐上两个小时的公交，再不济也是从高速公路上走。如果在高速公路上稍不留神跑错了口子，再下去的时候，看见的就是邻市的地标了。因此在当地的方言里，去市中心这件事说出口就是"进城了"，要好好打扮，抬头挺胸，神采奕奕，完全就是一件值得郑重看待的大事。但是这种机会鲜少落在我头上，落在我头上的，只有那里千篇一律的低矮山丘和蜿蜒的大河。

于是我问她是不是不喜欢这座城市,她再一次很快地应了是。

四

到本月十五的那一天,小姨和母亲把餐桌挪到了室外的小院里。老家一向对这种月份中的特殊日子有一种极重的讲究在,况且还能看到满月的清辉,在外头吃饭确实也是一件美事。

饭后我们几乎都在院子里头待着。小姨进屋晚祷去了,小姨父打着赤膊坐在椅子上抿着酒,蕙蕙抱着她的妹妹,姿势非常老练娴熟,仿佛她真的是一个年轻的母亲一样。而我的母亲今夜倒是没有像平时那样止不住地把一肚子话往外倒,她倒是有闲情逸致,一个人跑出去遛弯了。

母亲或许是她的家族里仅存的有着天生的感性情结的成员,据她所言,上一个是我那已经过世快六年的姥爷,在这一代里头也只有她和他相像了。但是母亲总是让我觉得"感性"二字在她的身上充满了违和感,我已经习惯了她平时生活粗糙、性格强势的一面了。

我还记得某天她和我聊起老家的事情,那会儿我就觉得她是她兄弟姐妹中的一个异类。母亲生活在一座偏僻贫穷的村庄,作为家里的长女,母亲负责照顾所有的兄弟姐妹,还要负责农活。她和我说,有一天她坐在田埂上,远处是一望无际的大山,她的弟弟躺在她背后的箩筐里面大哭不止,当时野地里面的蚊子特别多,她要在地里面一面背着她的弟弟,一面给家里捡满一筐牛粪带回去。

"我那时候看着远处的山,我就想着我迟早有一天要离开那里,越过那些山,去山外的地方。"她当时眼睛里闪烁着充满野心的光芒,"我要狠狠地读书,去大城市,改变自己的命运,最好永远摆脱这里。"

她就是这样一个非常强势的女性,但事后她也做到了,才有了我现在的生活。她确实和她的兄弟姐妹们有着巨大的不同,她的兄弟姐妹没有这个狠心和觉悟,他们看上去总是显得过分憨厚,甚至有些麻木,因此母亲才能主导自己的命运。我着实不喜欢这种性格,但是我却继承了她这一点,为此我们总是容易因为彼此的强势而闹起矛盾。当她像个愁思大发的青春期少年一样开始对着月亮感慨的时候,我感到一阵毛骨悚然。

"秋秋,你抬头看看。"她临走的时候对我说,"这个月亮老让我想起你姥家门前的月亮。手机放下来,静下心来去看看大自然。"

我装模作样地抬头去看了几眼天上的月亮,但是并未感觉到它有什么别样的情致。母亲这时顺着后院的石板路已经消失在了夜色里,小姨父喝完了酒,在躺椅上酣然入梦。蕙蕙抱着她的妹妹坐在板凳上发呆,不知道在想什么。确认母亲完全走远后,我把手机的屏幕横过来,开始打游戏。

"秋秋?"蕙蕙轻声叫我。

此时我手机里的战况正酣,我无暇分心与她闲聊,只得先敷衍性地嗯了一声。

"你们那边学琴很贵吗?"

"什么琴?"

"你随便告诉我个什么琴吧。"

"你不是在学钢琴么?"

"我们这里没什么机构,我妹要是想学东西,以后可能要去你们那。"她对我的问题避而不答。

"你可以让她大了去你老师那里学啊。她是本地人吧？这样也不用让你妹跑来跑去受罪。"

"是本地人。"蕙蕙说，"但是我已经不在她那里学了。"

这时我这把游戏刚刚结束，我摁灭手机屏幕，心里猜测是不是蕙蕙在学习的过程中和她的老师产生了无法调和的矛盾，可我转念一想，蕙蕙是个很和气的姑娘，就算在家被小姨训了也是闭着嘴一声不吭，那这个问题应该出在那老师身上。万一那老师不是什么省油的灯，蕙蕙不在她那里学也是人之常情。

"确实很贵。"我认真地想了想，老实说，"学琴的费用姑且不算，就拿钢琴来说，光一架就要两三万吧。"

"那这太贵了。"她有些意外，"怎么那么贵啊，在这边琴都不用买，只管去老师家里练就得了。"

"还可以去老师家里练么？"我也是从小在城市学琴一路过来的，对此大感震撼，"我们那边到时间了就要准时走人的，多一分钟都不给。"

现在换到蕙蕙感到意外："我的老师经常拖课，拖得晚的话，我还可以在她家吃饭。"

我开始好奇起来，我问蕙蕙为什么不在这样好的老师家里继续学下去了。

"你还记得上次我们去的教堂么？"蕙蕙问我，"在窗子外面，远一点的林子里头，有一座小洋房"。

我努力回忆了一下，摇了摇头。我是真的对此没有什么印象了。上次看海上落日时，我在和蕙蕙聊天，思考她的事情，完全没顾得上有没有洋房这件事。

她告诉我那房子是本地的望族建造的，但是这望族也是过去的望族了，他们家放在21世纪来看的话，最多就算住在大房子里头的一家人。往前推个快一百年，这个家族在这座岛上乃至这个城市真的叱咤风云过，而他们正是从这座小岛出发前往陆地才开始发迹的。蕙蕙说那个小洋房是他们的祖宅，他们是虔诚的基督教徒，在鼎盛时期出钱建造了这座教堂，但是历经几代后，家族没落了下来，现在只剩下一个独女和她的母亲居住在那栋房子里。

她之前和那位母亲学琴，这是个很有涵养的女性，她嫁过来前在中心城区生活长大，来到这里后的三十年基本上都交付给了这个地方。蕙蕙和她学了大概两年左右的琴就停了,又过了一年,她就去世了。

"后来我继续跟着她女儿学琴。"

"那她应该很年轻吧?"

"是的,她教我的时候22岁。我在她手下学了不到一年的时间,然后又停了。"

"又停了?"

"她母亲那边的亲戚过来,说给她相了一个男朋友,要带她出岛去结婚。她知道了这事很不情愿。"

"啊,所以她停课是出去结婚么?"

蕙蕙静默了下来。她的妹妹窝在她的胸口,安详地睡去了。夜间的庭院里穿过一阵凉风,我的胳膊和大腿顿时起了一阵鸡皮疙瘩,这才意识到已经立秋了。

"怎么说呢?那会儿是冬天来着。"蕙蕙用手指抚摸着婴儿白皙的面孔,"有一天我照例去上她的课,但是她不在屋子里面。我那次直接回了家,再去的时候,她家那座老房子里面挤满了警察和记者,我一打听,才知道她不见了。这件事放在我们这里到现在也是一桩怪事,她就像蒸发一样消失了,没有任何先兆和迹象,完完全忽然就失去了踪迹。"

"后来警察做笔录的时候,才知道其实她和她母亲的家里人闹得很厉害。她想一辈子住在这里,但是那些亲戚不允许,他们觉得女孩子长大了就应该结婚,就像我妈认为的那样,不结婚不生孩子,就是对不起养她的国家和父母。外界很多人认为的故事版本是她受不了亲戚的逼迫,得了心理疾病而自杀了,但是到现在还没找到她的一根头发。"

"但是我觉得她应该是逃离这里了。"蕙蕙以一种很严肃的语气和我说。

"你为什么这么认为?"

"因为我希望她是这样的。"

五

我和母亲准备坐船离开,那天运气非常好,据说还是顺风船。母亲怕白天太热,就订了傍晚的票。

我们和小姨道别后,蕙蕙一个一米六出头的姑娘,陪着我们提溜着大包小包的东西一起坐了将近一小时的大巴去码头。母亲为此感动不已，这会儿船还没来，于是她坚持要给她发个红包，我看见蕙蕙有点脸红，但是还是坚决没要。

"到时候你空了，还去我们家玩啊。"母亲向来待亲戚非常热络，"我记得你以前来玩儿过的，再来的话，我让秋秋带你去逛市中心的展览。"

蕙蕙认真地听她说话，但是没有应声。

"到时候就住在大姨家里面，给我好好教教你妹妹做家务。"

母亲还欲说更多，但这时我们要坐的船从洒满夕阳的海面上驶过来了，排队的人流见状开始缓慢地往前挪动，我和母亲也随着人流往前走。我挤在人群里面只来得及看她最后一眼，然后她很快被人群淹没，再也看不见了。

站在甲板上，我看着小岛逐渐从我的视角里面消失，而城市陆地的轮廓在视野里渐渐清晰了起来。这个点，天空已经开始慢慢变成暗沉的深蓝色，陆地上的高楼陆续亮起明亮的灯火，此时从海上看去，仿若不似人间之景。傍晚的温度开始下降，刚刚过了白露，夜间的温度多少还是有点凉的。

我撩开门帘，走进船舱。船舱的光线暗沉，母亲闭着眼睛靠在座位上假寐，我进来的时候，她睁开了眼睛。

我盯着她的脸庞看，她和小姨的五官长得非常相似，尤其是在这种暗光之下看她，两人仿佛是双胞胎一样。她们都长着母亲家族里标志性的圆脸，我没能继承到这个，但是蕙蕙和她母亲如出一辙。我坐在几乎完全安静的环境里，这让我无法控制地想起了她。

"蕙蕙说她会回老家去。"我对母亲说。

"你小姨和我说了。"母亲的声音带着些困倦的味道，"我开始也觉得那孩子不该这样，糟蹋了一颗聪明的脑袋。但是很快我又想，回家好啊，回家有什么不好？"

"但那不是她家。"我说。"她在这边长大的。你不是当时也走了么？"

"她在这里有什么？"母亲坐直了问我，"什么都没有，不像你，你有着金贵的户口，我们家的房子以后都是你的。她如果定居在这里，很快就会被这个城市的竞争对手吃掉的。要不然就只能像你小姨一家那样打工，这样以后要多少年才能有出头之日呢？"

我没办法反驳母亲的观点，血淋淋的现实摆在我的面前，我忽然为蕙蕙感到前所未有的悲恸——讽刺的是，她即将被强行塞回她生理意义上的故乡去，而这片岛，这片看着她从儿童长成少女的岛屿，再一次从她的生命中被抽离了。她被从一个地方剥出来，扔到另一个地方，但是又从这个地方被遣送回她人生的起点去。她被夹在二者之间，永远没法拥有真正的归处。所有一切的源头，不是我上辈子做了多少好事，也不是蕙蕙这辈子做了多少坏事，所有的一切，自从母亲迈开脚步离开那个小村庄那天就已经注定了。

而我和蕙蕙都无法让这种早已注定的结局改变了。

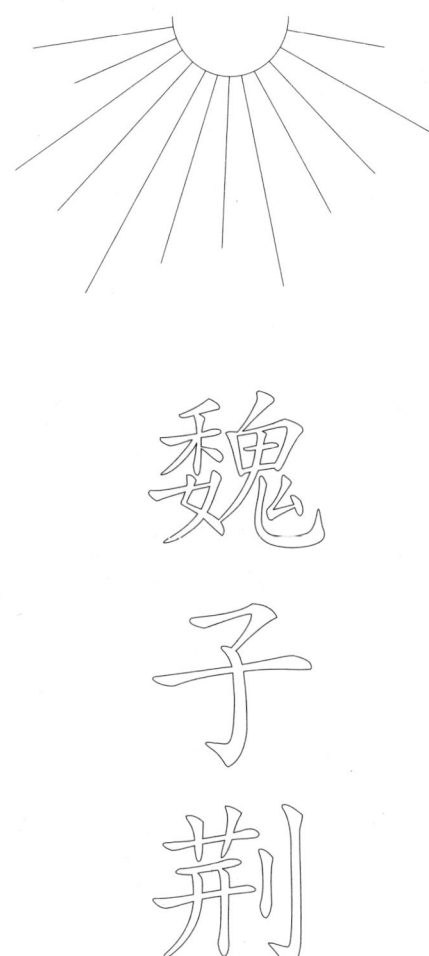

魏子荆

被打断的皈依

　　整座城市的土地都被冻结起来了,是很壮观的景致,可惜流浪汉并非一位旅行者,抑或一位记录者。土地始终不同意流浪汉加入这座城市的收藏,因为他在以石头块铺设的街道上倒下去之后,他将永恒地无法腐烂,也无法被经过的流浪汉们记忆。这种褪色之后的旅途是单调的,他只能从一个收留了他的教堂走向下一个。更加糟糕的是,流浪汉找不到下一个教堂歇脚。所以流浪汉只能一直在行走。

　　陌生的新教堂在今夜开了一条门缝,于是几滴暖黄色的烛光趁着夜色渗透过木质门槛,淌到饥肠辘辘的流浪汉嘴边。流浪汉微微翕动着干瘪的嘴唇,把险些从嘴角滴下来的烛光吞了下去。顺着蜡油的香味抬起头来，看到高傲的烛台垂直地在立地窗拉住了身体，看到支撑那几支神圣蜡烛的金属架支在淡蓝色的琉璃碎片上剪出来三条黑色的蛇。它们在背光的半影区因畏惧而匍匐。

这恰巧是流浪汉所偶然经过的第一万零两百七十七个无归无依的子夜，距离上一次进食约摸也过去了六十三小时。流浪汉，他顺着烛光，勉强用他残落的脚步拖拽着他的躯体来到教堂门口，缓缓推门，于是他对于教堂内的光景观察得更明晰了：三排空无一人的座位，一张摆置在中厅正央的长桌子，桌上一尊用青铜色金属铸成的苍老的男性神像。那个足够填饱他肚子的烛台平稳地躺在男性神像宽广的右手掌心，继续仁慈地把温暖的明光洒在流浪汉那件补了五个漏洞的大码外衫上。

烛光之神。流浪汉称他作烛光之神。

他罕见地肃然起敬，几乎是蠕动着努力地把自己的身体送到了离神明最近的第一排座位上，前倾着身子把神像的每一处细节全部收录于自己的视界里。方才被他吞食下去的那几滴烛光顺着他的食道滑下去了，一股被点燃起来的温暖从他撑满胃酸的腹部升腾起来，几乎把他苟延残喘的肺泡压迫以至破裂,然而这种喘不上气的窒息却把流浪汉扯到神明的某一世界里去了。流浪汉自出生以来第一次猜测某位神明也许真切地存在,第一次虔诚地决定信仰某一位可能存在的神明,明明他不信神的。

在子夜信仰一位烛光之神实在是很应景的事,但这场事关一位教徒的皈依却没有任何严肃的仪式支撑,这种信仰对于流浪汉来说显然是太过轻浮了,让流浪汉发自内心地对自己感到不满。事实上,如果流浪汉愿意做一个哪怕稍微轻浮一些的人,他也不至于在流浪的路途上迷失生命的一万多天。

于是流浪汉模仿某种他潜意识里的信徒形象,闭上了眼,十指紧扣,把整个身体的动作收束回胸前——这个动作让他听到自己低贱的心脏还在兢兢业业地泵动着自己在白日里已经被晒干了的血液,却没能让他听见烛光的流淌声,何况闭眼后的漆黑几乎在刹那之间把他的精神摁进了这片冻结起来的土地。可是烛光之神似乎是不愿意放弃这一位准信徒,因此烛光透射过了流浪汉的视网膜,激活了千万枚停工了几个月的视觉细胞,把流浪汉从死亡的虚无之中抬起来。

流浪汉把这种并不出于同情心的救济误认成了烛光之神对于城市的冻土的叛逆。他的大脑雀跃起来,仿佛是找到了真正拥有被信仰资格的新神。他的大脑告诉他,现在是二十几年之内最值得欢呼的时刻。于是他高举双臂,尝试用一瞬间的狂热来骗过星球沉重的重力加速度,但是某种比神明更加现实的现实把他又拽回了星球表面,耳膜痛苦地传来了一阵沙哑而粗糙的噪音。

那是他的欢呼声。

流浪汉冷静下来了。他还没有来得及跳跃起来就跌坐回了自己的座位,还没有明白到底是一万零二百七十七天之内的哪一处情节出现了差错。兴许他的生命已经演变成了一种神迹。

这时,一块掉漆的黑色斑点趁着流浪汉起死回生的间隙,横冲直撞地插入了这位虔诚信徒的教义里。

神像上的掉漆让他感到不安。在烛光的治愈下,整座神像毫无疑问地焕然一新,青铜的漆色本身也不容易遭遇灰尘或者是污浊。可是这一切致使那处掉漆比原先显得更加清晰了,那个黑色的斑点,从视觉的各个角度包围了流浪汉仅存的两只眼球,狠狠地冲击着流浪汉的神经网络。流浪汉觉得自己一定没有自己想的那么确定这个黑色的斑点到底是什么,也许这并非是掉漆的罪证,也许这只是制造工艺上的缺陷而已,只是亵渎的无神论者弹下来的烟灰,只是刚好路过的飞虫,受益于自身疲惫的腿脚和神明的宽恕而得以于神像上停泊而已。

这种不确定叫他对自己恼火至极,他不会相信亵渎者能被允许涉足烛光之神的殿堂对神像进行这种玷污,也不会相信这座城市冻结了一大半的空气会默许任何徘徊不定的飞虫扇动翅翼。

他有些动摇起来,只是因为一个比他渺小了无数倍的一个黑色的斑点,他就可笑地动摇起来。他下意识想要迈腿再往前去看看,想要透析斑点背后的本质,可是畏惧和饥饿阻拦了他的征途,他暂时还需要烛光之神的光芒来填饱自己的腹部。掉漆的斑点变成了一种早已确定的未解之谜,而流浪汉对于烛光之神无罪的推定使他身上背负的罪孽又深重了一些。

一阵夹杂着冰粒的朝南吹的风把流浪汉的右侧脸颊刮伤了,教堂打开的门被狠狠地扣上,尖利地呐喊出一声警告意味的嘶叫,把整个教堂密封成了一个残余着温度的罐子。

流浪汉右边的脸颊上本来就有很多冻起来的疤痕,这一阵一如既往的寒风的袭击仅仅是精准地在原本的疤痕上再开了一道流不出血液的伤口。到了明天,血浆里的巨核细胞胞质脱落物就会让这道伤口不再存在,消解在生物和记忆两种层面上。

唯一让流浪汉记住这阵寒冷的是他头颅的倾侧:他的头颅被流动的空气被迫推向了一个并不正对着烛光之神神像的位置。在那里他看到了一个穿着全新的黑色长衣的老人,端正地在第一排座位的另一侧坐着,右手掌心托着一小根燃烧不尽的蜡烛。流浪汉对他没有兴趣,于是仅仅在一眼之后就又把目光转向了烛光之神的神像。这两个人类的形体恰到好处地在他眼前拼凑成了一段双重剪影的堆叠,然后彻底地熔解成了一个在神像之上的伟大存在。

流浪汉连忙又一次侧过头,发现老人的动作和神像是一模一样的。唯一不同的是,老人手中端着的只是一小根蜡烛而已,而且老人的长衣似乎是纯净的黑色,和青铜色在狭小的教堂空间里当面对质，仿佛是一种无声的抗议。

某一丝精妙的可能性在流浪汉的意识中被勾连起来。他前倾了身子去仔细端详那个黑色的斑点，黑漆漆的斑点在深夜的暗色调之中便溶化在老人的长衣里了。他突然明白了青铜本身的颜色只是材料的本色而已，也许黑色只是刚刚开始上漆的预兆，又或者是神像停工之后属于神明和非虔诚的工匠两者的秘密和遗憾。这种可能性在流浪汉的精神里不断地被他的潜意识放大，显得比梦境还要真实，于是这推测本身也变成了现实。

全新的事实诞生了。流浪汉意识到，他面前这一安静的存在的老人就是他即将皈依的烛光之神本身。老人的那一小根蜡烛，于流浪汉而言，这是比金属色的烛台更加高洁的存在，这是更能填饱他空虚的食粮。

在老人的掌心，蜡烛流出来的光亮徐徐地向着整个教堂的每一处扩散，那些给予了流浪汉这一夜归宿的烛台的光明正在逐渐退散，甚至在背光的影子里，连烛台本身的金属架支在地窗的黯蓝色玻璃上剪出来的那三条黑蛇也被神明的光明所晕染了。珍稀的烛光在一个微不足道的教堂里完成了一次迟钝而又高效的进化。流浪汉不禁由衷地为烛台背后的那些影感到喜悦，他对于烛光之神的忠诚也正在完成皈依仪式的第一次质变。他想，不需要太久，他一定就会成为烛光之神的一位信徒，一位虔诚的仆人，忠心耿耿的拥护者。他想，他或者将成为烛光之神的第一位主教，或者将成为暖亮色烛光在人间的传播者，或者将成为烛光之神的恩泽首次涉足人类的城市的见证。他想，他终于可以终结和空虚的斗争，逃离始终饥饿的流浪，收束自己一大半都没有意义的生命，穿过整片城市的冻土，归属于神明的荣光和诞生自己的土地。

可惜教堂的门并非为此而开。一个衣着比他光鲜的、同样在这座城市中流浪的假信徒从寒意之中走了进来，对于虔诚的流浪汉视若无睹，毫无教养而又没有礼貌地站在了流浪汉和老人之间。准确来说，是站在流浪汉和他的神祇之间。

老人察觉到了假信徒的接近，睁开了眼睛。流浪汉这时候才注意到老人的眼睛一直是紧紧闭合的，而与之相对，神像的眼睛始终睁开着，平视着教堂之中的每一位生灵，就好像是一位真正宽恕了所有流浪汉的神。不过这代表不了什么。流浪汉毫无疑问会是这么想的。他在心中把这句话自信地默念了三遍。

这时假信徒愤怒地指了指老人，又冲动地指了指门外。在流浪汉看来，他的愤怒缺乏最基本的理由，不过对于神明的亵渎终究可能招致后果。在这座城市，他相信自己会是这个时代第一位即将拥有信仰的先驱者，这一点连他自己也感到惊奇，毕竟他分明在一小会儿时间以前还在教堂之外徘徊，用舌尖贪婪地舔舐偶然渗透出来的烛光。

老人似乎感知到什么，他的目光越过假信徒，对流浪汉报以一种苍老而又温和的微笑，这和烛光带给流浪汉的主观感受完全一致。但流浪汉因为常年处于流浪的痛苦之中，他没有来得及亲吻老人笑容背后的暖意，而是急于想要目睹对于假信徒的惩罚。不论对于流浪汉还是对于烛光之神而言，这都是整场皈依之中最大的败笔。

假信徒摇了摇头，迈着步子很快离开了教堂，回归到流浪汉不能再继续忍受的冻结空气里去了。

流浪汉当时觉得这是好事，虽然神罚没有出现这一点令他有些失望，但是这种事不会消退他对于烛光之神的忠诚。他的皈依并没有被打断，而是在短暂的意外挑战之后，继续平稳地深入他的血管。他打算把这种深刻的忠诚书写进他的骨头和脊髓中，这对于流浪汉依靠本能的生存来说是一种崇高的敬意的表现。

出乎他意料的是，老人站起身来，把右手手掌心的蜡烛吹熄了。明明蜡烛大约永远都不会烧完。

流浪汉不明白，他完完全全不明白，他觉得一定是自己理解错了神明的意思，一定是自己在哪一处又一次出了差错，就像当时他致使自己成为了流浪者那样。可纯粹由他创造的事实和教义不能挽救这场诞生于现世的闹剧，教堂的门已经再一次自然地打开，冻结的空气开始入侵烛光之神的领地。流浪汉穿的是没有衣领的衣服，风可以直接把流浪汉的整个灵魂贯穿。

老人保持着方才的微笑，张口指了指自己的嘴巴，表示自己是个哑巴。

仅存的烛光被扫进来的冰粒子攫取住了颅骨，教堂内外的温度一同降低成了统一的数值。流浪汉感到自己的喉咙深处有什么东西要喷涌出来，撕裂成两片的声带在一种空白的恐慌之中自相残杀。可是烛光之神似乎并不是敏锐的神明。老人没能洞察流浪汉从咽喉深处像是呕吐一般的模糊干枯的拟声词，在假信徒之后，老人也离开了或许能够属于他的教堂。烛光之神大约是被他的家人叫回家去了。就连闹剧的真相也包含了太多个自相矛盾的字眼。

他总该明白了，这座教堂的本质就他妈是，神是哑巴。

流浪汉总是在避免对于本质的探索，可是他终于又一次对于现实的某种荒唐的本质绝望了。他发觉愤怒和狂热比起忠诚与皈依来说更能够驱动他的身体移动，于是他腾地从座位里跳起来。这时候，又一位追寻着信仰本身的伤痕累累的流浪汉受到了烛光的欺骗，从敞开的大门走进来，发觉教堂里和教堂外一样寒冷。他还没有来得及感到诧异，就被这个皈依失败的流浪汉一拳挥倒在地，脸上火辣辣地疼。

冻僵了嘴唇的流浪汉们在街上站成一排。终于，从烛光之神的教堂中冲出来的这位流浪汉回归了这个失败的队伍。烛光并没能填饱他的肚子，只令他感到前所未有的空虚，甚至生物学意义上的饥饿都已经在这场空虚里凋亡。

对于烛光的皈依注定还是被现世给打断了，连第一个皈依者的名额也没有保全。可是当所谓的意识、道德、科学乃至人类本身，当每一位值得信仰的实体虚体、个体总体全都被流浪者们证实了其荒诞，已经没有一座教堂可以继续他的皈依。

他们只能行走。

于是，这座城市在千年之间彻底地脱离了历史的重力加速度，和整颗星球一样在宇宙之中孤独地被冻结起来。整座城市的灵魂用永恒冻结的土壤，对没有信仰的躯体表示了无条件地拒绝。

流浪的队伍在消减。冷静下来的流浪汉，他无从得知是否存在这样伟大的教义或者信仰，能够至少使这支消亡着的队伍皈依于它，使行走着的躯体在抵达穷途末路之前，穿越过土地的永冬，沉进诞生了这具肉体的土地。

这个子夜还没过去，流浪汉已经又饿了，从各种意义上。

不出意外，明晚仍然会是流浪汉度过的第一万零两百七十八个无归无依的夜晚。

魏子荆

红哨子

吹哨人在太阳还没升起来的时候吹响哨子,然后太阳就升起来了。那个银白色的哨子是吹哨人的祖上一代一代传下来的。吹哨人没有别的职务,只是在森林还没有醒来的时候吹响第一声哨子,然后就作为森林里的普通人活着。

高频率的振鸣,在清晨森林的薄雾里横冲直撞地兜了个圈子,把无数的生灵都从褥子里叫起来。哨子是一种灵活的语言,生灵们听得懂大概——无非就是希望和光明。

吹哨人坐在森林最高那棵树的枝头上,满意地望了望远方即将升起来的太阳,然后她灵巧的身子从树枝上跃下来。她父亲在很早以前就去世了,没有留下钱,只有一个银白色的哨子。据说任何一个森林都不能少了吹哨人的存在,于是她就成了吹哨人。

她是个可爱而独立的女孩子。

在这之后,她就要继续旅行。森林很大,这辈子都走不完的。父亲告诉她要一直往前走,在一处陌生的地方安眠,然后在清晨太阳没升起来之前吹响哨子。

"全森林都能听见我的哨音吗?"那时她蜷在父亲的臂弯,迷迷糊糊地问着。

"如果只是每天早上的问候,大约只有半个森林听得见。"她父亲说,"但有一种方法的。"

她疑惑地睁开眼睛。

"祖上有传下来这样的故事。"父亲说,"红哨子的声音,是全森林都听得到的。"

"红哨子?"她的眼睛里映着属于森林的透明的颜色,她盯着父亲手边的银白色哨子看,"它在哪?"

"以前有首歌谣,讲的就是红哨子的故事。"父亲说,"只是现在没有人会唱了。"

今天她穿过了三条河流，走过了两个山谷，耳边是陌生又熟悉的林风。周围的树木没有很大的差别，让她始终觉得自己是在家里的，毕竟她是一直住在森林里的人。她红色的裙摆在风里面飘啊飘，很凉快，一时让她来了兴致，在林间快乐地转了个圈子玩。

树木在她眼前忽然整齐地往两边肃穆地分开。她看到一片庭院，院子里是丛生的杂草，看起来长时间没有人打理了。这里曾经有人，但最后或许死掉了，或许就离开了这片土地。吹哨人喜欢这种地方，因为这代表着里头会有一间屋子可以让她安栖一个晚上。

她小心翼翼地走到屋子前，推开长满青苔的石头门，彻心的冰凉感让她一下子从森林里抹满雾气的迷蒙中清醒。空荡荡的大堂里放着一台她没有见过的机器，浅绿色的一抹苍苔之下隐隐约约可以看见深黑色的盖子。

咚。

低沉的一声声响，吓得吹哨人身子一颤。是那个深黑色的机器发出来的。她谨慎地踮着脚尖来到机器的身边，用柔软的掌心温柔地拍了拍机器的盖子。

机器发出悦耳的颤音。

"你好,美丽的小人儿。"机器里传出这样的声音,是男孩子的声音。吹哨人被声音吓了一跳。她俯身看向机器上黑色和白色的按键,一时有些茫然。

"你是谁?"吹哨人说道,"我看不见你的身体。"

"我就在你面前,那台钢琴里头。"

白衣的男孩子挣扎着从那台长相怪异的机器里探出了身子。他的身体是半透明的,似乎很快就会消失。吹哨人歪了歪头,好奇地盯着面前的生灵,目光就仿佛在看一只从未见过的小动物。"钢琴?"她说,"那是什么?"

"一种能发出好听的声音的机器。"男孩子拍了拍面前的钢琴,有点像是一个老人和他的一个好伙计,"你叫什么名字?"

"吹哨人。你是谁呀?"

"奏者。"男孩子微笑着说,"因为我除了弹奏这台老钢琴就什么都不会啦。"

少女低下头看钢琴:"真的很好听吗?"

"和你吹的哨音一样好听。"他说。

吹哨人从红裙子的口袋里找到她银白色的哨子。她把哨子拿在奏者的跟前。"那我的哨子和你的钢琴就是一类东西啦。"

"那不一样的,因为我是奏者,你是吹哨人。"奏者的眼睛有点黯淡了,"你知道吗,钢琴弹的是悲哀,哨子吹的是危机。"

吹哨人不懂。

"危机就要来了。"奏者看了吹哨人一眼,轻声说,白色的手安静地放在钢琴的琴键上。

"真好听。"

半闭上眼的吹哨人躺在屋子的角落里,看着不远处的奏者和钢琴,快乐地吹了一小段口哨,"但奏者的曲子为什么始终这么悲伤呢?"

"因为奏者的曲子是写给自己的。"奏者说,"而我自己,是悲伤的。"

"奏者为什么悲伤呢?"吹哨人翻了个身子,好让自己舒服些。

"南边起了大火,有一位奏者死去了。"奏者说,"和他一同死去的还有成千上万的生命。"

森林大火是很常见的,吹哨人知道这一点。大火对于住在森林里的人们来说就如同吃饭时候的苍蝇,根本不必很特别理会。大火偶尔也会烧死人——那些人通常是大火烧到跟前了还不懂得逃跑的。

人们都知道,大火会自然地熄灭。

"大火真的会烧死很多人吗?"吹哨人眨了眨眼睛。听到这样的消息,她的快乐一时间又沉下去了。她有点担忧南边的人们。

"会的。"奏者说,"总有一场大火是不能被轻视的。如果不提前逃走,死亡就会避无可避。"

吹哨人在奏者的话语里听出了别的意思:"大火会烧到这里来吗?"

奏者沉重地点了点头。"会的。"他说。

"那要赶紧通知人们逃走啊。我见过大火的,很可怕的,好烫好烫,还会烧掉好多树。"吹哨人突然来了斗志,站起身来,"我现在就去跟森林里的人说说。"

奏者绝望地看了吹哨人一眼,然后温和地笑了笑。"今天天色也晚了。"他说,"还是先睡吧,吹哨人。"

吹哨人看着渐渐暗下来的夜,心想奏者说得也对,最后就沉沉地进入了梦乡。

奏者钻进他的钢琴里。

第二天早上，吹哨人唤了几声奏者的名字，没有人回答。她想他一定睡着了，于是蹑手蹑脚地走出门去。

"大火？"人们疑惑地看着她，"难道你这辈子没有见过大火吗？"

"可大火是会烧死人的。"她抱住面前的人，不让他离开。

人们把她粗暴地推开。吹哨人跌坐在地上，她的膝盖擦破了，好在她穿的是红裙子。吹哨人很疑惑，忽然又有点害怕。

只有颤颤巍巍的老人说："以前曾经有一场大火的，烧死了好多好多像你这样的人。"他是对谁说的，没有人知道，也没有人想要知道，因为老人说的更没有信服力。那是比孩子还糊涂的、就快死掉的人。

有一个穿着貂皮大衣的大人走过来，严肃地把吹哨人赶走了。吹哨人的右腿有点一瘸一拐的。这时候人们不喜欢吹哨人了。吹哨人只要吹哨子就好了。

奏者是被拍醒的，吹哨人用力地拍着他的钢琴。他一抬头，便看到吹哨人有些气喘吁吁地站在钢琴前。天色已经不早了，奏者心想，自己又睡了一整天吗？

他看着眼前的女孩儿，发觉她的腿有点一瘸一拐的，忽然想到她昨天说要去劝人们离开他们一直居住的地方。"你真的去了？"他说。

"是啊。"吹哨人用力地点了点头。

奏者走到吹哨人身边。"很疼吗？"他问道。

"嗯。"吹哨人又用力地点了点头。

"明天还去吗？"奏者问。

"还去。"她用力地点了点头。

奏者的脸上流露出悲伤的神情。他坐在钢琴前面快要腐烂的凳子上，说："那你听我弹琴吧。"

吹哨人银白色的哨子是在第十二天被踩坏的。那时候吹哨人的身上有好多将要愈合或者新出现的伤口。她遍体鳞伤地站在奏者面前，很伤心地说："大家不喜欢吹哨人啦。"

奏者的身体已经越来越淡了，吹哨人已经可以透过奏者的身体看到他身后长满青苔的墙壁。墙角的地方新长了一朵灰色的小花。

吹哨人把坏掉的哨子捧在手心里,原本十分光洁的哨子现在成了沾满污泥的碎片。奏者看到吹哨人的手背上有几块紫得发黑的血斑,心想这一定是很疼的。"哨子还能修好吗?"吹哨人的眼睛里混着暗色调的晶莹。

"我不知道。"奏者感觉自己内心的悲伤正逐渐转变成悲凉。他只能看着小小的吹哨人,每天早晨外出,傍晚时又回来。

"你知道大火什么时候来吗?"吹哨人低下头,问。

奏者想了想,然后说:"五天后。"

吹哨人惊讶。

"南边的大火距离我们这里不远了。"奏者说,"因为最后一位小提琴奏者也已经死去。"

"小提琴和钢琴是一样的东西吗?"她问。

"是差不多的。"奏者说,"一定也是绝望的,悲哀的。"

吹哨人的嘴唇微微蠕动,没有说出来一个字就有些哽咽了。

"要听曲子吗?"奏者问。

吹哨人不说话,没有答应也没有拒绝。

"钢琴的声音,为什么听起来比哨子响?"她突然发问。

他愣住。"钢琴是可以扩音的。"他说。

"你会造钢琴吗?"她问。

奏者似乎明白了什么。他沉默地看着自己已经近乎透明的手,想了很久。

"会。"然后他说。

今天的哨音来得比以往都早。人们起身,看到天是黑的,于是没有理会哨音。吹哨人很早以前就一直存在,好让人们醒过来。但人们不一定能在太阳升起来之前就起床的,他们会在榻上翻来覆去,想着属于自己的东西,想着自己的屋子,自己的劳作,自己的家,然后就看着太阳慢慢地升起来了。

然后他们想起来,其实哨音已经五天没有响过了。又或许是四天,他们谁也没有记住。

在黎明到来前,长久以来都只有吹哨人是醒着的。

吹哨人站在荒废的屋子里,身体小小的,周围是锋利的丝线、坚固的木条和石板,她被严实地封在里面。她只能透过缝隙看着远处,看看人们是否真的已经醒来,从自己的屋子里走出来。

碎掉的哨子在她身边,已经发不出声响。她用嘴唇把两根手指轻轻地咬住,一遍又一遍地吹着尖利到撕裂天际的口哨。任谁也都能知道这哨音里的句子发生变化了,那不是吹哨人每天早上灵动的问候。哨子吹出的是危机。

还是没有人起身。

吹哨人流着泪,眼泪顺着她的脸颊流下来。她用力地一遍一遍吹着哨子,那哨音在巨大的琴箱里共鸣,传到整个森林里面去。奏者坐在自己的小小钢琴前,抬头看着屋子高处的吹哨人,心中只有敬佩。"我有一支曲子,这个世界已经没有人会了。"他对吹哨人说,"我弹给你听。"

他开始唱:

红哨子 红哨子

梦醒的歌是你在吹响啊

有人爬起身,揉着惺忪的眼睛往外走。他们往南边看的时候，却忽然愣住了，因为火光已经完全照亮了南边的天空。那时候他们才想起来，其实大火是可以杀人的。

"以前也有过很大的大火啊。"老人伸出颤抖的状若枯枝的手臂说，"那时候烧死了很多很多人。"

吹哨人有点脱力，大脑缺氧使她的视野变成了一片空白。但她继续用尽全身的力气吹哨子，因为她本来就是吹哨人，这个森林里面唯一的吹哨人。

红哨子　红哨子

碎掉的心是你的染料啊

奏者的钢琴声很响很响，一直回荡在吹哨人的耳边。吹哨人知道那是父亲曾经说起来的红哨子的歌。她继续吹，突然感觉心脏那里有什么东西彻底地断掉了，她的血从嘴里溢出来，顺着她的手指、手臂往胸口那里流。过往的伤口在一瞬间都崩裂开来了，她就像是被人刚刚泼了一罐红色的染料一样，全身都是红色的。

奏者抬头看着吹哨人，弹着有史以来最宏大的钢琴曲，《红哨子》。小小的红哨子在进行着最后的嘶鸣。

红哨子　红哨子

你指引你爱的人们走啊

人们闻到了木头烧焦的味道，那时他们终于醒过来了，尖利的哨音响彻整个森林的上空，每一个小小的生灵都一刹那肃然起敬。大火从南方烧过来，人们往北边跑。本来应该在睡梦之中被火焰吞噬的林子在回响的哨音中初醒。

奏者的手指在琴键上飞快地舞动着，他已经越来越透明，如果不仔细看的话，可能还以为钢琴在不断地自奏。他把毕生的能力都用在这支曲子上了，因为这一次钢琴弹的不再是自己的悲哀。

红哨子　红哨子

你看啊　太阳要出来了

人们在一片混乱之中勉强地离开了他们世辈相传的森林，看着大火把他们世代居住的森林无情地吞噬。有个女人想起了那个叫吹哨人的孩子，然后她忽然哭喊着叫道："吹哨人呢？"

人群混乱了起来，这时候才有人发觉吹哨人根本就已经不在他们身边了。

哨音断了。吹哨人艰难地咳嗽了几声，一翻身，从搭建的高处滚落下来，没有一丝力气，她站不起来了。奏者的琴声也在这一刻中断了。他愣了一下，接着发现自己基本透明的手穿过了陪伴他无数年的钢琴。他已经什么都碰不到啦。

他慢慢起身，一步一步走到吹哨人身边，坐下，看着自己慢慢消失的身体。先消失的是双手，然后是双臂，奏者在吹哨人面前慢慢地淡化。奏者想自己就要消失了。

"怎么办。"吹哨人说着，三分委屈七分可怜，"这样没有人吹哨子了，大家每天早上就都听不见哨子啦。"

奏者的双脚也消失了。他艰难地转过头，尽量温柔地微笑。"吹哨的人永远都有的。"他说，"等红哨子上的血色渐渐褪去，又会有人找到一个银白色的哨子，那时候的森林会比现在好，清脆的哨音仍然会准时地在太阳升起来之前响起。"

奏者说起这些的时候，双腿也渐渐消失了。

吹哨人也笑了笑。"我有点累。"她想靠在奏者身上，但发现自己已经碰不到奏者了。

远处的人群终于发觉吹哨人并没有从火光遍布的森林里逃出来。有个女人大喊着，伸着脖子往里面看，身后还有几个男人把她死死地拉住,不让她再往着火的森林里走一步。

"不要往里走,那个火是要杀人的!"有人说。

大火侵略进荒废的屋子,把他们花了五天搭起来的高台和琴箱给吞没了。温度很高的火舌把奏者的钢琴也卷进去了,屋子里面的东西都被火焰贪得无厌地吞下去了。奏者静静地看着眼前的一切,终于他的双眼也要消失了。他最后地看了一眼躺在地上的吹哨人,意识全都消弭在火光里。

红哨子　红哨子

你看啊　太阳要出来了

那孩子睡得很甜呢。奏者想。

"吹哨人还活着的啊!"吹哨人在睡梦中,听见有人高喊,"吹哨人还活着的啊!"

吹哨人当然还活着的。她想。因为吹哨人是不死的啊。

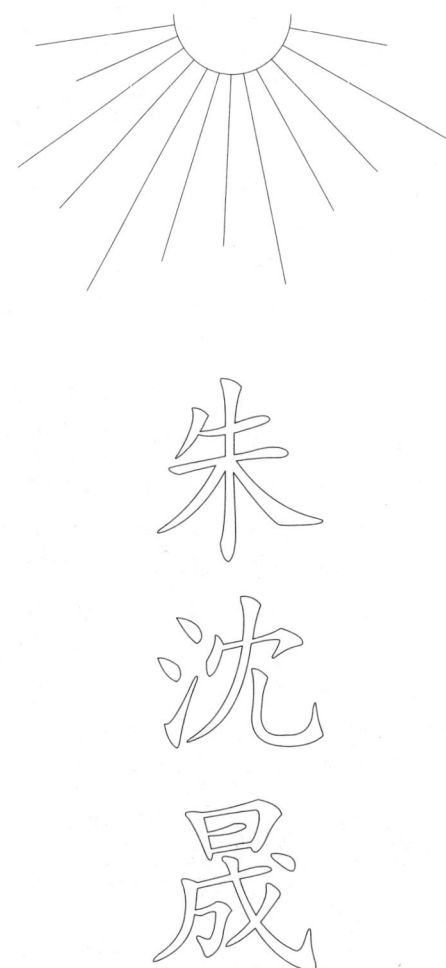

骊山语罢清宵半

朱沈晟

上高三以后,除了闷声扎进题海以外,无论干什么都像是在虚耗生命,尤其是需要沉思默想抓耳挠腮半天的课外写作。如果真是那样的话,一切仿佛都简单了起来,再没有高二时欲拒还迎的社团活动与文案策划,也没有了种种规模的比赛。只是这段"清心寡欲"的时日旋即变成了一条炭火跑道:一马平川的炙热,依旧漫长而难熬。

而于我,严格的住宿生活仿佛就是在帮着自己逐步验证读到过的社科理论:在一座全景敞视的监狱中,文明社会的工具理性压抑并异化着我们的悲喜爱欲,老师是监视孔,"校长-典狱长"或"年级主任-狱警"的权力透过这些铁门上的孔洞从教室一路渗透到严格定时出热水的洗澡间花洒，从吃饭和洗澡中剥削出时间留给英语听力训练（有人说，福柯与马尔库塞真正的知音还是高三的学生，他是对的）。但即便是出了监狱的人，也往往会因久久压抑变得麻木，并不会感恩这来之不易的自由，如同过分形变的弹簧一时半会儿难以弹回原来的模样——每周末的"放风"只会让徒刑犯们越发感受到这一点却难以言说：那种轻若鸿毛的无力感。在一周的神经紧绷后偶得一个舒适而困倦的早晨，一直悬吊在心里的玩乐愿望要么不知为何无力提起，要么报复性地爆发出来，彻底逾越先前的尺度——倘若弗洛伊德泉下有知，大概会称它作"超我与本我之间的张力"——哪怕是在国庆的八天小长假里，也依然没有缓过劲来。

正如那倦怠化作了一股无名火，在十月一日的清晨，使我崩溃得如此突然。

在按计划去乡下探望久别的外祖父母之前（他们住在乡下一栋两层楼的老房里，以往，我是在每年暑假伊始才独自回去看他们，顺便小住一段时间，从小学起就如此），我歇斯底里地朝父母吼了一阵。记不清原因了，也记不清自己究竟说了什么,没有逻辑的互怨互怼才算是吵架——其实我正盼着和他们吵得天地色变,就像早已不离不弃的老伴之间爆发的争吵,只有涨红着脸互相喷口水,才能让我感觉到,不只有我睡到自然醒却依旧疲乏的肉身回到了这个被叫作"家"的地方,还有我的生气和我的魂——可惜,他们太过宽容与理智。所以当妈妈流着泪抱紧我跟我说她懂我时,我依然一副欠扁的德行,狠心将她推了开去。最后,直到我把愤怒的矛头转向了班主任时,这股邪火才慢慢平息。"去你x的,如果你晚自习依旧管不好好那班幼稚鬼的嘴,那么就给我换座位!"(为那个二十出头第一次当班主任却成了我另一个活靶子的姑娘默哀一分钟——我当然会道歉咯)。爸爸妈妈无法阻止我的出格言行,只得在一旁战战兢兢地望着我的面孔时阴时晴。我知道他们已经不盼我能给好脸色看,只盼着我能"肃正龙颜",否则一会儿回了乡下又该让老人家为我担心了。只是看着两双发红的眼眶,陡然间,我犹如被割开了脉管。这瞬间的刺痛让我无法再任性下去。我终于排净了体内紫黑色的毒血,这才把妈妈拥进怀里。

我一边抱着已经比我矮、把涕泪都抹在我肩上的她，一边哄孩子似的轻拍她的背。可怜的傻瓜，你们又懂些什么？

"现在，擦擦你的眼泪，快上车吧。笑一笑，我们都应该朝着假期绝尘而去。"——之所以将它写下，并非为了自我检视，只是因为我需要逃避与讲述。逃避与讲述的第一步，是"复刻"，复刻记忆，而那些记忆最终会拼接处出独属于我的私密领地，让狼狈而无力的我能够随时隐匿其中。我不知道别人怎样，但我需要时刻复归这个私密领地，就像赌气的小女孩会不由自主关上门捧起自己心爱的那个洋娃娃——一个独自口若悬河却又默然无声的娃娃，正俯身写着闺房密语——比如之后，我在脑海中创造出的那些应景词句：

"我很满意自己到了乡下见到大家时的表现：一个快咧到耳根的灿烂微笑，一声响亮而又不显过分亲昵的'阿爹阿奶'（我们家向来不兴姥爷姥姥的叫法，叫外公外婆则又显得生分）；紧接着猫进厨房，突然一拍阿奶的肩（但没法再像小时候一样吓她一跳），像以往一样叉腰数落她又做了那么多的菜（'吾伲几个人又吃不完'）；在客厅里，上初三的表妹依然处于'天下人皆负我'的青春叛逆中，见了谁都是爱搭不理的样子，再无小时黏在表哥身边的亲密，于是等大家围坐圆桌后，依然免不了被东一嘴西一嘴地围攻她种种不如人意的表现（'小囡一点也不乖，看看侬哥哥，多么认真！'是的，于她，从小我一直是那个'别人家的孩子'。我是她的哥哥她的光环也是她心里脆弱而敏感的一粒疖子）。所以，我笑而不语：既然我并不比她成熟，那便有资格说懂她；既然解不了围，沉默便是最好的选择。"

直到我从脑中虚拟的日记里抬起走神的双眼，依旧没人察觉爸爸结愁的眉间和妈妈刚刚哭红的眼眶，或者我明媚笑容后的暴戾与焦躁——很好，这似乎正是我要的。在叽叽喳喳的热闹中，有暗流无形地涌动着，而我依稀想仿照着住校时那压抑却安分的生活模式，只凭理智重新掌握一切。

就这样，我一边听着他们闲侃，一边无法自已地想着心事。

就这样，我依然沉默，却被记忆里的冷暖不断撩拨；虽同样的嘈杂，却只是在话家常，即便俚俗或夸张。此时的我不由自主地敞开了自己，因而越发清晰地明白自己正奋笔疾书着——即便没有纸和笔。我喜欢这样，只用眼睛、耳朵和沉默来写作。可是在学校，这样的写作完全难以想象。那会儿我的沉默就是封闭，嘈杂则是由谈论明星、游戏或者男生们稚气未脱的种种鬼叫组成。我无法进入那种笑闹声，为此曾写过一首酸诗形容那种窒息：我发现／每一个两天里，我张口说话都不满五次／却无时不刻／觉得在向谁倾诉着，从未停下／这似乎可以证明／要么，我有诗／要么，我不需要恋爱和友谊。我曾以为那是某种近乎清高的纯净，但现在想来，倒不如说，那更像是一颗泡在下水道污水洪流里被连根拔起的小树。树根末梢关于泥土的记忆泥土的气息都被冲得一干二净，始终毫无温暖的私密可言。

　　想到这里，心里像是有什么松动了。

　　饭毕，我先行离席，方才的松动让我意识到心里依然堵着早上板结的、未曾化尽的硬块。

独自漫步在乡间小路上，看到一只白鹭在田里，伸长细而优雅的脖颈乜乜斜斜地觅食，无人注意，观望了一会儿，想在它飞走时离开，可它却不——直到我站得双腿发酸，它也依旧怡然自若地啄食着稻田里肉眼难辨的水虫，丝毫不见振翅的迹象。

于是，又一个了悟攫住了我：我为什么要这么想呢？我的眼睛又是何等固执！于是，我自嘲似的一笑，兀自走远开去。物各有主，那是属它的私密空间啊。

不久，身后传来规律的铁链曳地声，是家里养的那条叫作"乖乖"（阿奶起的名）的黄母狗跟了出来，她的眼睛像是水润的玻璃球，正冲着长别三月的我摇尾讨要吃的。而我，还是像过去那样嫌她脏且浪荡，尽可能远离，却不曾注意它的乳房下垂着，跑起来身子像是圆滚滚的毛毡筒。

走累了，便停在村路旁的小活动区里，在石桌旁的矮凳上独坐趴窝，太阳晒得背上发烫。就这么寂静无声地坐着，旁边一栋三层的独栋屋门口，有老太太相对而坐拣着菜叶，聊天的声音似从很远处传来。久违的静啊……唯独开着SUV的中年男人的吆喝声颇煞风景。小憩醒来后，我逗弄着不知何时爬上手的幼蛛，轮替手指，让它无尽地翻爬，而不必担心它掉下去——他的蛛网是透明的。连同我自己，也被黏在了一张看不见、暖融融的网里……直到那铁链声再次入耳，我才彻底睁大蒙眬的睡眼——我好像忘了一件事。

于是，我着急忙慌地回到老屋，伴着身后铁链啷当的声音，一进门就大声嚷嚷，小冰呢？我没看见小冰。

——已经被送走了。这时依然和大家吃得欢畅的老阿爹抬起头来，说，老板家的小把戏（孩子）来过村子里，看上了，想要，我就给了。

——什么时候？

——大概上次暑假侬回去后。

——哦，这样……我低头。

大概看出了我的失落，阿爹安慰我说，大狗又有了，如果侬想要只小的，这次给侬留着不送了。我无言以对，默默退了出去。

被送走的那只叫作小冰的黄色小土狗是乖乖的第三胎，也是仅存的一胎。它曾陪我度过了上一个暑假，离开时我还曾向它摇手保证，会带着抹茶口味的磨牙棒来看它……我仿佛明白乖乖眼里那点湿润是什么了。那一刻，所有的嫌恶都在转瞬间弥散，我蹲下身，尽可能贴近它，它饿着肚子，安安静静地舔着我的手背，任我抚顺毛发。此时的我们像极了一对同患难的人，我的泪目陡现，又在刹那干涸，将这一刻也凝固在了眼里耳里心里，然后我把手抽离。

"对不起啊……"

是的，是的，照此来看，写下来对我来说似乎就是为了逃避——就像米沃什说的那样，"×姑娘曾经存在的唯一证据是我的文字……"这个带有私密性的证据近乎于我的伪装。我可以带着这伪装（将记忆由负重的神恩变成伪装——鲁迅冠冕堂皇称之曰"为了忘却的纪念"——只消动动笔，多容易），犹如带着一个心安理得的借口彻底告别被送走的小冰，也离开了依然饿着肚子的乖乖，然后兀自失魂落魄却又无需再操心什么似的直起身子走开。

突然脚下传来踩碎蜗牛壳似的嘎吱声。失了魂的我终于注意到老房子的墙上年复一年剥落的小块瓷砖贴片，还有二楼阳台上一点一点被青苔侵蚀到漏雨的墙壁和天花板、接雨水的钢盆……它们默然无声地提醒我，这栋房子正一点一点老去，一点一点化作那些我竭力摆脱却又如此依赖的记忆，就像骤然离我而去的小冰……但房子足够壮硕，还不至于老到风烛残年，再也抱不动我。我被一股奇异的冲动驱使着，迈上了二楼：那里有专属于我的房间。房里的陈设依旧是我暑假离开时的模样。见空调外机依然在转，枕席依旧洁净清凉，顿时长松了一口气。待到打开那台频道有限、我早已不感兴趣的17寸电视，发现它开始自说自话，一脸不可理喻的马赛克。十三年前舅舅结婚时贴的大红色的"囍"字也还在门框上，永远听任我神经质的自言自语——只是它也老了，已经褪成了白色。

我用被子蒙住脸躺下。所幸，来自老屋的怀抱依旧温暖有力；所幸，我不可遏制的泪目还不算晚。

也许我会再次崩溃，但却是不同于早晨的别一种崩溃……崩溃的是心里堵着的硬块，了无了踪影。我抽动鼻子——在彻底崩溃前，我要将余下的眼泪忍回去吗（不能让大人看笑话）？

原来，写作不只是为了逃避，也是为了催泪，如此这般。

我们到底有多久没有流过泪了？这至苦至咸的液体是脆弱，带着难以启齿的私密性。在一群业已成熟到不屑眼泪的 17 岁高三生面前流泪无异于自取其辱。在所有人都冷着面孔、眼眶发烫参与的分数角逐战中，泪水涟涟是示弱，是毫无意义。所以，唯有留在此刻——是的，我想起来了！终于想起无数个如同今日早晨般烦躁的根源，是在宿舍孑然难眠却欲哭无泪的时刻，那些时候，书是我在这全景敞视的监狱里唯一能探头向外的窗户；我想起福柯，想起杨玉环，想起读过的纳兰词，想起《长生殿》——卷帘不语，谁识愁千缕，生怕——什么来着……我忘了《夜怨》那一出究竟是怎么唱的，但还记得，千年后纳兰容若低吟浅唱着那个故事，"骊山语罢清宵半，泪雨霖铃终不怨"。

在夜半蛐蛐的鸣声中一边低眉拭泪，一边说尽藏在心中的无限事，那是一个何等私密而温暖的时刻！有李隆基听着，她可以怨也可以哭。那会儿，她是跳着胡旋舞的妃子，也是普通的恋人，是她自己，够心酸也够幸福……一切都如此和谐，除了两位室友结束了一天课程与声震楼层的派对后颇煞风景的呼噜声。

我想起对于诗人如波德莱尔，这会儿同样是个私密性的时刻（"终于！可以单独地面对自己！"《巴黎的忧郁·凌晨一时》）

可对那俩正在打呼噜、可怜到看不见自己的傻瓜而言，他们的晚上只有闭眼蒙头大睡。比起那麻木后的报复性狂欢，他们更需要用一场眼泪的药浴治治疯头疯脑的癫狂热病。

最后，我像是哭够了，再次沉沉睡去。醒来已是傍晚。真是安静，但楼下有欢笑。上一次老房子静若无人的时候，还是在阿奶胃出血开刀住院那会儿。

这里的夜晚，是厨房里发着黄光影影绰绰的白炽灯，墙角燃着暗红的蚊香，客厅停摆的挂钟，前堂里闪烁几下才能亮、似乎随时会熄灭的节能灯……这里的每一桩事物都浸透了锅底灰的黑，浸透着过往——这不足为奇，但令我胃部抽搐的是，每一桩每一件都与我有关，都能牵出一个故事——哪怕是被困在积灰的木头窗棂里吱吱作响的苍蝇——最终牵成一张透明而柔韧的蜘蛛网,而我的记忆则是那只蜘蛛,静静伏在老房子时而欢笑时而冷寂的侧脸,用人耳无法捕捉的频率絮絮低语着。当我脑海里的那支笔在任何地方,因为暂时丧失了表达自我的力量而焦躁不安的时候,它就会顺着这张网爬进我的脑海。我是它的孩子,是那段时光的产物,一块迷失的结晶,与它永远血脉相连……赶紧擦擦眼屎吧。

这时我听到了一楼有人在喊我。

快点下来你!要吃晚饭了。她说。

朱沈晟

橡皮——擦

要求形式的是质料,就像阴性要求阳性,丑的要求美的。

——亚里士多德

维度是知觉的函数。

——伊恩·麦克尤恩

孤零零的一块木板,此刻,就这样静止在空中,仿佛有什么东西在吊着或尚在支撑着它似的。不,已经没有了。桌腿已经完全消失了——被擦除了。空无一人的房间里,持着橡皮的我朝后退了几步,像个画家笃定又略带狐疑地看着自己的杰作。桌面之所以停在那里，却没有落地，是因为它本来就在那儿。就像画在纸上的速写，擦去任何一个部分，并不改变图中其他部分原来的位置。我满意地点了点头——这是一条不言而喻的真理，却从不见有人把它当回事。所以和数以万计的普罗大众比起来，作为世上唯一一群贤者的画家才那么少，我不无得意地想到。

而我又算怎么回事？

我自己又是怎么发现这一点的呢？事情还得从我写作业说起。我平素的习惯是，宁可慢一些，也不要任何不精确。所以每一个写下的字符我都会来回修改，擦复写，写复擦，我要每一笔一划都与田字格里的范本不爽毫厘（因为我害怕被打上一个"×"，大大的"×"有如一条鲜红的比目鱼躺在那里——人活着总是会遇到这样的危险。老师们就都热衷于为我们打上无数的"√"和"×"）。时间一久，那块雪白的橡皮也愈来愈瘦。污痕起先只是附着在四四方方一角的斑块，后来才逐渐像一层炭灰包裹住了橡皮的整个躯体，直到它完全变成了一块灰不溜秋的东西时——我还记得那是一个多云天，我舌头的右侧被自己的犬齿在梦中嚼伤了，于是整个上午，那肿起的伤口都像是某种赘生物在发出令人烦躁的隐痛——我微微惊讶地发现橡皮的尺寸竟不会再发生任何改变，不管我后来使尽力气又用它在纸上擦出了多少微妙的碎屑。

根据这个宇宙中质量守恒的法则，这些黑色泥泞般的碎屑要么是凭空出现——我那七岁、依然坚信着有魔法存在的妹妹就是那么认为的；要么，它就是来自一些别的什么。

一切的开始就是如此。彼时我用力地擦着作业簿上那些每看每觉古怪、愈来愈恼人的笔画时，作业本的轮廓也仿佛涟漪里的一轮月亮似的忽隐忽现，首先是我用力擦着的那个位置，再后来就是整个本子。而我就像着了魔一样，完全无视异状，也不害怕，只是一边手依然不停，用手里那块灰不溜秋的东西反复摩擦着纸面，受伤的舌头一边轻轻舔吮着咬伤它的牙齿。直到一声纸页撕裂的脆响过后，作业本完全消失了，我才不得不顿住，眼睛却盯住了那片再无一物的空白，就像一个走在桥上的行人停下了脚步，盯着突兀地出现在面前的那一个砖石塌陷后露出背面滚滚浊流的坑洞。我望着这个仿佛早先便自然而然存在的"坑洞",径自出神了半晌后,方才猛地抬起头来看向四周。没有一个人。当狂跳的心脏终于平静下来时,桌上只剩下了一堆令人不明所以的灰色泥屑。巫术!脱口而出的这两个字显然不能揭开笼罩在刚刚发生的一切之上的黑色面纱。我兀自呆呆地坐了一会儿,突然燃起一种冲动,似要爆发出一阵歇斯底里的大笑,但笑声出口时却不由地减弱了,变成了吃吃的轻笑,却久久不止,仿佛其中的癫狂情绪被无形的枪口抑制器给过滤掉了,到最后,仿佛连笑本身也变成了一件十足好笑的事。

笑得太厉害,舌头上的溃疡又跟着痛了起来。

讨厌的早晨。

黄梅雨一下便没完没了。屋子里的家具都受了潮气,开始发霉。从海拔五千米的高处落下的雨滴现在都被卡在我头顶上空原本有着一块屋顶的位置,那里现在是一个圆形的空缺。我从没有了床脚的床板上坐起身,捧起一杯没有了容器的水润了润喉咙。放下那杯无杯之水的刹那，我又看到了那静静浮空的木板上——原先这曾是我的书桌（难道现在不是了吗？）——的灰色橡皮。

尽管因为受了风寒而头疼无比，但我依然清晰地记得昨夜验证自己惊人发现时的情景。我颤抖着手清理出一块台面——就在那块悬浮的木板中央（我现在管它叫"会飞的木板"），挑了一只洗净的苹果摆在面前铺开的打印纸上，这下就准备就绪了。我要做的事很直接，根本没有半点的神秘仪式感——尽管着实有些诡异。我用那块灰色的橡皮紧贴苹果那成熟得恰到好处、透出淡黄斑点的红色外皮，然后用力摩擦。这是个看似简单的动作，实则暗含精巧，首先要擦去的是表皮，不能破坏果肉。做这些的时候，我感到自己正懵懂地驾驭着一种至高无上摄人心魄的实验真理，一种迄今都未被公之于众的知识体系。当果皮化作黑色的橡皮屑，像从人体胭窝与脚踝处被接连搓下的陈泥老垢般掉落时，当毫无刀削痕迹的白色果肉呈现在我面前时，当我注视着眼前行云流水般发生的一切时，我又不由得出神，仿佛这一切独有一种宁静的完满，使我的内心变得澄明而安详。随之袭来一种昏昏入梦的感觉。

现在该试试果肉的部分了。稍稍用力,把橡皮往里按,来回移动,轻轻摩挲,是的,一开始动作要轻。没有任何汁水溅出来。在一股油然而生的喜悦的催迫之下,我的手又一次开始颤抖,唯有注视着手边越积越多的成堆泥泞才能安定我的情绪。此外,我动手的时候感觉后脑一阵麻木,不过不要误会,橡皮并不能透过果肉——那样就真的破坏它了。它只是让它所及之处,"片片果肉"(或者"块块",随便什么量词都可以)像慢镜头切换一样地消失。消失了,整个消失了,露出来苹果"背面的"(或者"下面的",随便什么形容词都行)桌子。我又呆呆地望了"它"半晌,像我擦去作业本时一样,过了足足五分钟我才使劲摇了摇头缓过神来,把目光移开。我朝着那刚刚发生了"苹果蒸发事件"的位置探了探手,做出了一个抓取动作。于是,一个具有冰凉坚硬质感的球状物当下被稳稳地抓在了我的手里。它依然在我手里,但却看不见了,抑或是说:我已然意识到它已消失而它作为苹果的物质属性依然存在。那么被我擦去的就只是它的形体?——连带着对它的印象也被抹去了。是的,脑海中与视网膜上深知再也聚不起一个仿佛视觉残留般的粉里透黄的苹果形象。它既真的消失了,又被静静地握在我的左手中,而在我的右掌心里则紧攥着那块始终不曾变小的橡皮。鬼使神差般,我抬起手,对准那不知还能否被称作苹果的无物之物咬了一口。爽脆利落的口感和在口腔里四溅开来的汁液让微微的眩晕感从大脑传到肩膀。那团一通咀嚼后的鲜甜自动顺着喉头滑进了我的食道。舌头搅动着,刮过齿缝间残留的一点硬皮,它们接二连三触到了溃疡,微微的钝痛使我如梦方醒,随之而来的,是那笑声又一次不自觉地从喉咙的关卡处冲出来。

我渐渐发现干这活还有更省力的方式,不必贴紧要被擦除之物,只消像射击瞄准那样闭上一只眼,全神贯注地让那想要擦掉的东西在另一只眼的视线中聚焦成像,然后举起橡皮隔着距离(经实验,距离远近并不影响结果)擦抹目标物即可。这个新发现让当初为了擦掉四条桌腿而钻到桌底下累得满头大汗的我欣喜若狂。我像个刚得到一件新奇玩意儿的孩子似的疯得昏天暗地。当一堆又一堆的灰色泥巴取代了房间里大大小小的物什时，我才终于筋疲力尽地躺倒在空无一物中沉沉睡去。

擦除，并不计后果。

但我还不知该如何补回那些物件被我擦掉的轮廓。意识到这一点的我只是慌乱了片刻，随即便镇静下来。连着几日都不曾离手的橡皮此刻腽应着我的手心。倘若有能擦去万物形状的橡皮，自然也会有一支能斡旋造化的铅笔。只是我还没有找到，也不想找，这倒是个根本问题。因为我除了会偶尔找不到东西，或者起夜时绊着什么外，生活并未受到多大影响，与之相应的，我的眼睛用得越少，我的触觉和嗅觉，还有其他感官就越发灵敏。比如即使我早已擦尽了书上密布的灰绿色霉斑，却并不能阻止那股细微的陈腐气息钻入鼻腔。

接连好多天，我都窝在那已"徒有四壁"的房间里，入迷地把玩着我的宝贝，即使偶尔外出也必定随身携带。我小心翼翼地保存着这块橡皮，像是持守着一只黑暗中的秘匣。不，不要误会，我没有偷窥癖，并不打算擦掉公共澡堂的墙壁，相反，我要把这个秘密烂在肚子里，它只属于我。使用它需要谨慎万分，免得引出乱子。可矛盾的是,我又想让所有人都知道我掌握了一门独一无二的技艺。

我隔空擦去过落下的倾盆大雨,但随即就被劈头盖脸的一阵冰凉浇成了落汤鸡。如果说擦去街上煮茶叶蛋的旧铜锅会让四溢开来的酱香勾得饥肠辘辘的我馋虫大动,那么擦掉那个恰好经过我身边的马尾女孩脑后的辫子和斜挎在身侧的串珠手包则纯粹是出于恶作剧般的玩闹心态了。作案后,还来不及听见哪怕一声尖叫,我便因心虚飞也似的逃离了现场。

因此,有个问题一直压在我心底——当我怀着恶意成功擦掉了那只向我乞食的流浪狗后,我终于意识到,原来我不只能够擦去死物。这着实又是一个惊人的发现。细密的汗水浸湿了衬衫,我必须紧紧捂住嘴,才能不让那轻轻地呜呜声从我的指缝间渗出来,而我的身畔依然回荡着一声又一声幽灵般遥远的狗吠。

这一发现很快就有了用武之地。

随后不久,我独自在奶茶铺蹭座看书时,遇上了四个约摸小我五岁的别校学生,他们一边打着桥牌,一边不住地嚷嚷着两个显得干瘪的词语：大王小王。他们飞扬跋扈的笑声尖锐如方才那场冷雨。从他们的腋窝下、棉裤里，还有运动鞋深处飘散出青春的混浊气息。提醒这四个碍眼的家伙在公共场所安分点？不，我才不想搭理他们，便径自转过了身去，不知怎地，我看到方才背靠着的墙上不知何时停了一只蛾蚋，心底便没来由泛起一阵躁郁感。当然要拍死它，只不过一想起最后就得沾上它的尸体化作的齑粉，我伸出的手又立时缩了回来。真是恶心，它离我那么近。突然，它飞到了桌底下我的腿旁，我伸手够不着的地方。

孑然一人堵着耳朵的我，在一阵长得令人难受的屏息后，最终从口袋里掏出了我的灰色橡皮。像个轻车熟路的惯犯似的抬头环顾四周，除了前桌那四个讨人厌的小鬼外就没有其他人了，显然可以放开手脚。于是我不动声色地在他们背后暗暗使劲，看着他们的轮廓像被越搅越乱、越来越淡的水中倒影，最终淡过了空气。

是的，一旦决定擦除，就是再也不计后果。好在我已习惯捏住鼻子，堵上耳朵，用嘴巴呼吸，不管不顾。

只是胆怯的我依然没能弄明白一个问题。所谓的"擦除",是否只有我一个人能看见它的发生?在这场使万物销声匿迹的狂欢里,一切莫不是我患了某种神经官能症却不自知的自欺?

不,绝不是。我抬手便抽了自己一个耳光。不要瞎想,证据就在这儿。我从镜子里看向自己与往日无异的脸,耳、口、鼻、舌,无一不比往日更敏锐,唯独眼睛……我紧紧地盯住那双因泛黑而变得有些陌生的眼眶,突然再也说不出话来。据说在暗无天日的洞穴里生活得太久,有些动物的眼睛就因会长期废置而退化。我用我的眼睛死死瞪着镜子里那双变得状如黑洞的眼眸。

不许听不许嗅不许摸不许尝。

现在,我命令我的眼睛给我看。

当然,我也试图从漫长的艺术史中寻找蛛丝马迹的印证,以证明我所见非虚。好在皇天不负有心人。例子多到数不清,比如:《蒙娜丽莎》的笑之所以神秘莫测,是因为人们从来不知道画中贵妇那若隐若现的笑之指向,现在,答案呼之欲出:达·芬奇擦掉了她对其微笑的那人。而为了求神似，委拉斯凯兹擦掉了自己（但他把自己补进了画里[1]）。反其道而行的康定斯基[2]则擦掉了多余的物质，只保留形象。而善于制造冷笑话的勒内·马格利特[3]却最为调皮，他擦掉了迄今无人能擦掉的语言与形象间的界限，擦掉了笼罩在模仿物之上虚伪的真实面纱……毫无疑问，这些人类视觉艺术史上的巨擘无一例外都应该有一双退化得最为厉害的眼睛，也还有一支笔，能够在那无何有之乡里重塑一整个人间的笔。

可惜，我还是没能找到我的那支。（也许得怪我不喜欢画画？）

知晓了真理——倘若发现这个世界不过是一幅易擦的铅笔素描也算得上真理的话——就意味着再也不能像原先那样波澜不惊地生活下去了。我决定做出调整，得改变些什么，验证些什么，发现些什么。当我不再哈欠

---

1 指委拉斯凯兹的名作《宫娥》。
2 指瓦西里·康定斯基，抽象艺术的先驱。
3 指勒内·弗朗索瓦·吉兰·马格里特，比利时的超现实主义画家，画风带有明显的符号语言。

连天，代之以无比亢奋的姿态第一次听完了一节美术课的时候，改变已在悄无声息中发生了。在此就不再一一赘述那些奇特的"例外状态"，单论我这双眼睛已足以说明一切：这双空洞般的眼睛已不再适合视物。目光所及之处，皆是不断跳跃闪烁，随后消失不见的色块与线条。而不知怎么，我的其他官能——虽各自愈发敏锐——也无法再形成对事物——比如一块饼干——的完整印象。这么说大概有些抽象，但还是请允许我复述一下彼时我交织着解脱感的奇怪绝望，以免也许有人重蹈与我一样的覆辙：

现在无需咀嚼，我的舌头只需轻触一下便能品出一块饼干的咸甜质地与内里夹心的滋味，但这番体味如此强势，以至于转眼间便将我的手方才从饼干上获得并传入脑中的坚硬触感排挤得一干二净。所以简而言之，对我来说，这块普通的夹心曲奇已不复再是：一块微甜、酥脆的曲奇，而是两块！一块正是我正在品尝的微甜的曲奇，还有一块则是亟待我的手去触摸的硬度刚刚好的点心。老天！

似乎丧失了体验的完整性也是这番擅自窥看真理的

代价。这算是天谴吗?我苦笑了一下。我必须做出改变了。或毋宁说,改变已经蛮横地自己找上了门来,颠覆了我固有的整个世界的秩序,却又留下风平浪静一切如常的假象。难道,难道真就没有一个人曾察觉我现在肿得好似挨过了重拳的黑眼圈么?我应该如是质问。真想冲着对面井然有序的教学楼大叫大嚷一番,可我不会那么做。

照目前的情况,显然,根本无人注意到快要溺死在这黑暗深潭里的我,而除了得自历史长卷中一些先辈们隐晦的只言片语外,这诡异的情形几乎毫无先例可鉴。所以,我也无法自救。什么?为什么不扔了那块身为罪魁祸首的橡皮?别逗闷子了,没用的。我曾掘地三尺将它掩埋,黑眼圈却依旧一日重似一日,只好无奈再将这块变得烫手的山芋挖了出来。

如果,如果现在我只有一次机会,去做些什么的话,我宁愿把它留给那扇我心里依然紧闭未曾开启的门。所以,那天清晨,我最后一次揣着那块热炭似的橡皮早早来到了没有人的教室里,认真地擦去了讲台与每一张课桌椅，然后退守到一旁的角落里，对着一面小镜子擦掉了最后一件我能擦掉的东西：我自己。再然后，静静地等着……

老师和同学们陆陆续续地到了。无一例外地，见到空空如也的教室，他们先是一愣（这令我不由地精神一振。他们不是看不见桌椅消失了），随后便若无其事地在了无形迹的讲台与课桌上铺开了课本与讲义，接着在同样被擦掉了的椅子上坐了下来，甚至连腿也规规矩矩地摆放在早已"没有了"的桌腿之间。不一会儿便响起来书声琅琅，与往常别无二致。仿佛所有人都在持守着同一个巨大的沉默誓言。这，他们……

惊愕从发痒的齿龈流转到舌根，自内而外化作毛骨悚然的一道冷汗滑下我向里深凹的背脊。

这难以自已的战栗使我不由地张大了嘴，手一松，那块橡皮顿时落到了灰色的地面上，悄无声息地，再也找不见了。现在，只有原本就无色无味的凉风透过教室关不紧的门窗，吹进我吃惊的嘴巴里，戏弄我开始变得僵硬的舌头，使那本该愈合了一些的溃疡再次如梦方醒地钝痛起来，一阵又一阵。

但不会有人知道了。

跋：

今子外乎子之神，劳乎子之精，倚树而吟，据槁梧而瞑，天选子之形，子以坚白鸣。

——《庄子·德充符》

附赠

夏沁荷

折翅青鸟

夏沁荷

一

发现刘贵是真的跑了的时候,他已经将近两个礼拜没回家了。

刘贵离开并夜不归宿的第一天,家里并没有太在意,毕竟他们世代生活在山里,人们绕进深山中采摘或打些野味,对于这里的居民们来说都是家常便饭。群山绵长翠绿,自从祖辈们移居至此,少有凶兽出现。虽然刘贵年纪已经大了,他的腿脚仍然灵活有劲儿,和青年人一样想干什么干什么,对于他不打招呼的外出,甚至不打招呼的露宿在外,一家老少习以为常。

直到儿子刘兴荣发现，父亲出门什么都没有带，家里人才疑惑起来。

他们的第一反应是找，在屋后的山林里呼唤了一整天，去平日远近常去的地方找了个遍，都没有任何刘贵的痕迹。

儿媳妇王燕想起来，父亲出门以后，已经下过一场大雨，或许洗去了他的足迹。

半找半等了几天，他们终于觉得不能再拖下去了，刘贵究竟是离家跑了，或是进山遇了什么危险，总归要弄清楚。

他们请了乡里乡外的人进山去找刘贵，有人一寸一寸沿着山路走，也有人翻过了刘家村倚靠的这座山，到了山那一边的村子。

有人说看见了老人衣服上残破的麻布，一点点，挂在灌木枝上，也有人说在很远的林子里看到了人屎，看起来还没有很久。山里有时萦起雾气，飞起一群群的蓝鹇，这种灵巧的鸟儿，当地人称作青鸟。据说神话中的它们，是幸福的使者。

很远的村子那边传回消息，说看见过刘贵蹲在树丛间，孩童似的和青鸟说话，那人当时只当他是个疯流浪汉；也有传闻说，曾有个符合他们的形容的老头问姚家村该怎么走，山海高中还在吗，他们说不知道，那老头呆滞地叹了口气，就离开了。

二

刘贵的婆娘听了这话，忽然没有了焦灼寻找的心思。"他早就想去姚家村了。"她淡淡地告诉家里人，然后就回到灶间，若无其事地忙起她该做的活儿。

她忽然意识到自己已经变得苍老的事实，觉得非常可笑。她以为当人褪去了年轻时的满腔热情和对生活无尽的期待以后，想要什么，想变得怎样的愿望都会从心里如沙被风抚平一般彻底湮没。但是刘贵的出走却明明白白地告诉她，用老去这样的借口困住对生活的渴望的，其实只有她自己而已。她满心只想着在平凡而寡淡的日子中安稳地走下去，这辈子许多的梦都被生活一刀一刀切成连自己都看不清的碎片，她以为人能奢求的，就只有这么多。

可是刘贵却丢下自己和这样齐全的一家子，找姚家村去了。

那个年轻时很漂亮的女人叫姚梅，家里排行老小，大家都叫她幺妹，她曾经认识她。在他们都还是青年人的时候，姚家村来的妈妈带着幺妹在刘家村短暂地停留过。她们采集山上的果子、蘑菇、笋和木耳，然后拉到镇上去卖，据说山里的东西在那很稀奇。做这样买卖的人，四时不分，以山为家，生性凉薄冷漠，村子是留不住的，她听村里人这样议论。可幺妹仍然精灵似的吸引了刘家村的小伙子们。她这样一个毫无见识的山里女娃，和长相不凡、见过山外世界的幺妹根本没有可比性。而刘贵这样年轻气盛、头脑灵活的人也自然成为了幺妹追求者中的佼佼者。要说她那时候对这件事的感觉，恐怕只是羡慕幺妹的光彩照人。因此在那年盛夏的山里，她也同山里的许多姐妹们一起，坐在幺妹身边听她讲外面的故事。

但刘贵和幺妹的感情最终还是没能和那个夏天一样美好纯净，他们亲眼看着刘妈指着幺妹大骂："如果你秋天还能像这样装成贤惠女孩家的样子，如果你秋天还老老实实待在村子里，就算我看走了眼！到时候我不仅恭敬地把你迎进刘家，我还亲自向你道歉，我为你端茶送水！"她披散着头发，唾沫星子蹦出来："如果你不能！那你现在最好别出现在我眼前！要不我看见你一次抽你一次！"

幺妹那时候低着头，垂着眼帘，任由刘妈难听的话一句一句砸在脸上，村里人好说歹说把刘妈劝住了，年轻的儿女们围住幺妹，安慰她不要为此气坏了自己。而刘贵在不远的地方左右为难，说不出一句话，良久，叹着气，远离了人群。

当所有人都以为幺妹会用实际行动证明自己对爱情的真心的时候，她在那年秋天，像一片被风卷走的木叶一样，毫无预告地离开了。

动作干净利落，毫不拖泥带水。

三

刘涛自小和爷爷刘贵亲近，因为爷爷的故事比爸爸口中的有意思得多。山里各色的鸟儿，爷爷弄得门儿清，他还曾用小铁盆和米做成机关,给刘涛捉了青鸟回来玩。小时候刘涛特别希望自己能变成一只鸟儿,飞到高高的山上,飞到辽远的山外,飞到爷爷都看不到的地方,而他却可以用自己的眼睛,看见爷爷背着柴火烧起老房子的烟囱。"爷爷也想要变成一只鸟,"刘贵听了,哈哈大笑:"飞到山里给你探路,飞到你身边给你带来好消息。""为什么鸟儿能带来好消息?""别的鸟不可以,但是青鸟可以。"刘涛听见爷爷压低了声音:"青鸟是幸福的使者。"

青鸟是幸福的使者,刘涛在心里用力地想,所以青鸟是世上最幸福的鸟儿。

等刘涛到了上学的年龄,据爷爷说,山里那所学校比起爷爷那时候已经大有改变,至少不会再误人子弟,教些以讹传讹的荒谬道理了。在学校里,刘涛第一次体会到了被束缚的感觉,他不适应,爸爸和爷爷却都很高兴他能好好学习功课。刘涛感觉,自己好像真的变成了青鸟,传递给爸爸还有爷爷欣慰之情,但是青鸟自己没有因此而快乐。他意识到童年那套理论并不严谨,也因此怀疑,哪怕爷爷成为了青鸟,也并不会因此变得幸福。可是青鸟自己到底想要飞到哪里去呢?刘涛站在树下,看着树上人群鸟儿吵架似的大声嚷嚷。他想要走到大世界里去，他想要摆脱山里安静而重复的生活。他听老师说，外面的世界已经发生翻天覆地的变化，人们根据自己内心的愿望去做什么，没有人有资格阻止，因为世界是自由的世界。刘涛难以想象那个世界的样子，他长这么大，听过的声音也就只有刘家村为数不多的一百多户人家在日升日落中偶尔发出的感叹。那么就好好读书吧，老师说，改变自己就能改变一切，就能走出去，就能让家里人也看看这个世界真正的样子。

我要快点长大，刘涛想，早点让爷爷知道，能给他带来幸福的不是他刘涛，而是爷爷自己——他应该为自己的幸福感到快乐。爷爷听他说完，像每一次听到刘涛小儿的胡言一样，哈哈大笑："听着，小东西，如果你要去外面，那我更要留在这里，种东西，养牲畜卖钱，要不你在外面喝西北风吗？""我要自己挣钱，还要给爷爷花！"刘涛大声说。"啊呀，真有志气，那爷爷可要谢谢懂事的涛涛。"爷爷笑眯眯地，"在那里挣大钱，对于我们涛涛来说，根本不是件难事，对吧！"

刘涛一个劲儿点头，看着爷爷此刻坐在自己的身边，他突然感觉很亲密,又不知为何觉得遥不可及。他想起小时候爷爷抱着他轻轻地说话:"等到有一天你长大了,家里不再需要我干活,我可以走的时候,我就会变成青鸟飞走,飞到我一直想去的地方再也不回来,重新痛痛快快活一次。如果此后你看见青色的鸟儿,就是我来看你了。"

刘贵消失后,刘涛看着山里四处飞翔的蓝鹇发呆,他后悔忘了问,刘贵一直以来,到底想去什么地方。

四

刘兴荣小时候不知为了读书的事受了父亲多少打骂。在学堂里的时间走得总是非常缓慢,他总望着窗外,看树梢在和风里簌簌地抖动,下课铃响时刘兴荣便第一个冲出教室,斗草抓蛐蛐爬树摘果子。刘兴荣是当之无愧的孩子王,他抓到的蟋蟀打起架来也是再好不过的。但若是在他回家后被刘贵发现衣角上沾了草屑或泥泞,迎接他的就是一顿打。刘兴荣之前不能理解温和的父亲在这时的愤怒,他也保持着孩子一贯的作风:下次还敢。

刘兴荣最终没考上高中，尽管他在中学时的确做了不小的努力，但老师见到刘贵时也无可奈何地叹气：这里的教育水平确实赶不上外面，不只是自己努力就可以改变的。那天晚上刘贵很久很久没有说话，最后他看着刘兴荣：儿啊，是爹对不起你，你要生在外面就好了。

年少时的刘兴荣对此并没有太多的抱怨，他并不以为走出这里就能从根本上改变什么，从刘兴荣记事起，刘贵一直就像一头老牛一样沉默地流着汗。上学时在教室里揭开只有稀饭和咸菜的饭盒就已经足够让他为难，父母那时每月在烛火下算账点钱的样子也始终在他心里灼人地晃动着。后来他听说，他差一点考上的那所学校是父亲年轻时向往的学堂，刘贵那时因家里太穷而半途辍学，但知识圣地的概念一直在他心里没有办法磨灭，他希望儿子能走出去，体会足够靓丽的、他没能触摸到的风景，但最终没有成功。可是就算是到那里又能怎么样呢？他刘兴荣为了自己的前途、成就，就把爹娘留在家里，让他们不眠不休地干活，来支付"圣地"的学费吗？每次刘贵叹息自己太不争气，刘兴荣就在心里暗暗地想。他很庆幸自己没有去遥远的地方花那笔钱，把刘贵本已不挺拔的脊梁压得更加酸痛。

他记得家里那几年愈发艰难,母亲的叹气声频繁了起来,刘贵的脸庞又消瘦了几分,爷爷奶奶相继病故,家里能干活的人因而减少了。即使自己很快成为了家里的劳动力,即使自己没有去继续上学,那样的状况也没有好转。

他想起刘贵说过,那是他一直都想去的地方,因为他曾以为,靠近那个地方,就可以隐隐约约触到幸福。年轻时因为父母要养家糊口的难处而不得不中断自己的学业,成年后又被生子养家、照顾老人这样的事围困,自己已经留下太多太多的遗憾了。如果不去那里看看,仿佛就觉得人这一辈子,什么都没做,就过去了一样。

也许,刘贵真的意识到,他的这辈子,就要这样过去了。

可是他到底能做什么——他能弥补什么呢?刘兴荣想不明白。离开了他就再无音讯的女人,对于书本文字的渴求,抑或是早先少年时在密林的哪一个角落遇到的、和他耳语了幸福秘诀的青色小鸟?木耳、蘑菇幽灵一样蹲伏在树的身后,大雨湿透的嫩笋和野果,哪一个成为他路上的食物？如果那个女人到了无法到达的彼岸，学校因为迁址不见踪迹，代表幸福的鸟儿被拿弹弓的孩子折了翅膀，他是会回来，还是随着这些东西中的任何一个，继续流浪？

或许，他只是和过去的自己在纠缠吧，刘兴荣闭上眼。

五

一个月下来，刘兴荣基本已经失去了找到刘贵的希望。

但是他感觉刘贵还活着。种种迹象都表明，有个人曾经绕过这座山，去他想去的地方了。姚家村，山海高中，或是别的什么地方，在他所不知的、父亲的早年时光安静地徜徉过并留下了痕迹，这些痕迹曾经因为爷爷奶奶，因为母亲，因为自己和自己的儿子，从条理分明逐渐变得凌乱，乱成一个无法确定的影子。终于有一天，父亲从某一个平和的梦之中突然醒来，忍不住急急地去找寻，留下了茫然的他们。

只是他不知道，父亲离开的时候，神志是否还清晰。

而深远的大山像是不会揭晓的幕布，沉默地遮住老人隐秘苦涩的心事，从层层叠叠的逶迤中，刘兴荣仿佛看见刘贵曾经遮掩起来的遗憾。

那晚他做了一个梦，屋子里有带血的凌乱羽毛和氤氲了水汽的蒙蒙天光，爷爷、奶奶、母亲、自己、王燕、刘涛，团团围住沉默的刘贵，向他伸出手去。刘贵的肩胛上长出一对青蓝色的翅膀，他把羽毛拔下来，放在他们的手上。带血的羽毛混着光滑的触感，这使刘兴荣一开始感到害怕，渐渐地又使他感到兴奋和满足。在不断的、不断的给予中，刘贵轻轻发出鸟儿似的哀鸣声，最后，那对翅膀上已经不再剩下什么。惊讶又恐惧地，刘兴荣眼睁睁地看着刘贵的身体缩小，再缩小，最终变成一只青色的鸟儿，他双翼还没有痊愈的伤口处，滴出鲜红浓稠的血水。但是鸟儿只是微微顿了一顿，留下轻蔑的一撇，就冲向他们的身后，从窗口飞走了。

附录

作者简介

程天慧 女,2003年出生,毕业于上海市宝山中学。就读于上海师范大学。曾获第23届全国新概念作文大赛一等奖、第六届"黑马星期六·上海文学新秀选拔"六强,文章详见于《青年文摘》《中国校园文学》《零》《新读写》《中文自修》等。

孔霄卿 女,2001年出生。毕业于上海市复兴高级中学,就读于江西农业大学林学专业。曾获第七届"黑马星期六·上海文学新秀选拔"总冠军;第23届全国新概念作文大赛一等奖。于2018年在《零》电子杂志发表第一篇小说《海底枯骨》,

另有作品发表于《中国校园文学》。

俞生辉　男，2001年出生。高中毕业于华东师范大学第三附属中学，就读于吉林艺术学院广播电视编导专业。曾获第六、七届"黑马星期六·上海文学新秀选拔"三十强，第22届全国新概念作文大赛入围奖，第十届丁玲青少年文学奖高中组（网络赛区）一等奖。作品散见于《世界文学》《青春》《中国校园文学》《金山文学》《语文新势力》等。

边楚月　女，2001年出生，毕业于上海市行知中学，就读清华大学日新书院哲学系。清华哲学学堂班成员，《群青Ultramarine》杂志社主编。作为作者之一出版文集《鱼仔》。第21届全国新概念作文大赛二等奖，第一届北京大学"怀新杯"三等奖，清华大学2020"乡土中国"征文比赛一等奖。

郭　旭　男，2000年出生，毕业于上海市上海中学，就读于山东大学文学院。作品发表于《零》杂志。第三届"黑马星期六·上海文学新秀选拔"三十强。

陆铭晖　男，2001年生人，上海市洋泾高级中学毕业，就读于上海外国语大学语言学专业。曾获第六、第七届"黑马星期六·上海文学新秀选拔"三十强，第21、22、23届全国新概念作文大赛二等奖。

孔　喆　2002年生，毕业于上海市宝山中学，本科就读于上海戏剧学院戏剧影视文学专业。曾获第五届"黑马星期六·上海文学新秀选拔"三十强，第21届全国新概念作文大赛一等奖。作品见于《少年游——"中版国教杯"第21届全国新概念作文大赛获奖作品选》。

魏子荆　男，出生于2003年，毕业于上海市华东师大二附中，就读于清华大学日新书院汉语言文学系。诗歌、散文、小说等均有涉猎。曾获第八届"黑马星期六·上海文学新秀选拔"六强。曾为《作文通讯》封面人物，作品《囚》《红哨子》《倦眼》等见于《作文通讯》《青文集》等刊物。

朱沈晟　男，2002年出生，毕业于上海市金山中学，就读于西北大学外国语学院俄语系。上海市金山区作家协会会员，第六届"黑马星期六"三十强，部分成果于第二届"复旦大学中学生暑期哲学课堂"结营活动中被评为"优秀论文"。曾受《新读写》《青年报》采访。作品散见于《新读写》《语文新势力》《扬子江》《金山文学》等刊物。

夏沁荷　女，2005年出生，就读于上海市闵行中学，第七届全国中学生科普科幻作文大赛全国三等奖，"中文自修杯"上海市中学生"爱我中华"征文活动市二等奖，第八届"黑马星期六·上海文学新秀选拔"冠军。